你已是你所需的一切

詹詠然

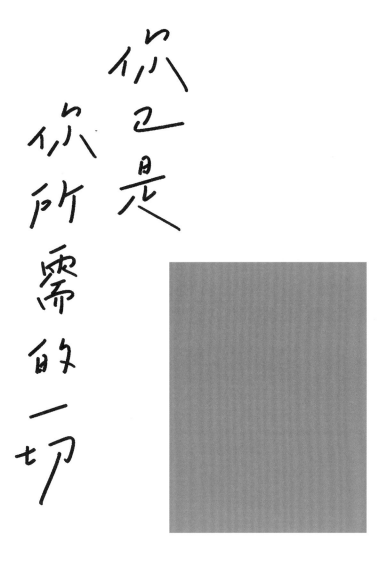

獻給在這旅途中曾經陪伴我、幫助我、支持我，
和教會我愛與承擔的人們。

感謝上帝。

目錄

推薦序

為成為最好的自己努力不懈

王力宏
歌手／演員／導演

身爲兩個女兒的爸爸，我會一直尋找女性模範、傑出女性、社會的英雄，期望能夠帶給女兒們啓發，並且鼓勵她們能在生命旅程中成就一切所想。

但伴隨著激動人心的故事，更需要傳達眞實的信息：勝利絕非一蹴可幾，而是一條滿布辛苦，艱難、疼痛、孤獨的道路，讓許多人在半途放棄，未能到達夢想之地。

詠然的故事就能純粹地，清楚地，傳達這個道理：一個從震災後的瓦礫堆中重新爬起來的小女孩，即使一無所有，仍勇敢踏上成爲世界冠軍，以及第一網球選手的國際巨星之旅途。

詹詠然

你已是你所需的一切

每一場失敗都有它的意義，一次次學會什麼叫勇敢

王力宏 李四端 侯文詠 高俊雄 陳藹玲 梁靜茹 許乃仁 陳建州 陳文茜 張小燕 戴晨志

誠摯推薦

依姓氏筆畫排列

時報出版

詹詠然

Latisha Chan，女子職業網球選手，自帶王者光環的獅子座女生，球場上眼神犀利，球場下笑語嫣然，堅毅與優雅完美融合，歷經千百挑戰，淬煉出如詠如歌的人生體悟。

職業網球女雙最高排名紀錄為世界第一，2018及2019年連霸法網混雙冠軍，是法網自1968公開年代以來，首對衛冕成功的混雙組合，目前生涯累計已有4座大滿貫冠軍，代表中華隊出征也獲得多面金牌。

曾遇足以迫使她退役的傷病，不願放棄夢想的堅強信念引領她再度回到球場。兒時因震災經歷辛苦生活，使現在的她在忙於比賽和學業之外，更積極參與慈善公益活動。

2006—獲選臺灣十大潛力人物
2006—獲選體育精英獎最佳女運動員
2010—獲選十大傑出青年
2015—獲選十大傑出女青年
2017—登上女雙世界第一
2020—獲選國際青商總會大使

書名手寫字｜莊仲豪 IG @ zeno.handwriting　封面設計｜陳文德 winderdesign@gmail.com

聽起來像是好萊塢電影劇本裡才會發生的故事，但這卻是她的眞實人生。

多年來我和她及她的家人們有愉快的情誼，也因爲工作出差的關係，我們常在台北、北京、紐約、倫敦等世界的不同角落相聚。不論在何處，我始終被她們對網球的身心投入、異於常人的執著與犧牲深深感動著。

光是她們緊湊的征戰和訓練行程，和無論時差或痠痛每天堅持的工作態度，足以讓任何一般人承受不住。

但詠然並非一般人！例如，我能想像在裝滿冰塊的浴缸裡泡二十分鐘的感覺，對她來講，應該有多不舒服，多慘烈！可是爲了消炎、爲了快速恢復，詠然幾乎天天這麼做，才能在緊接而來的賽事裡取得優勢。

當她告訴我這個幕後日常時，我不禁在想，什麼是我生命裡的「冰塊浴」？什麼是能夠讓我的工作日益精進，而我卻因爲不舒服而不肯持續去做的事？我承認，眞的很多！

但每當我遇上對我有益，卻不輕鬆的工作時，我總會想起「冰塊浴」的故事，摒除心裡那些抱怨和想偷懶的小聲音，然後起身開工！

大多數的人不曾跌落像詠然經歷的低谷，也不曾和她一樣騰飛到世界的頂端。

但每一個人都有可能在某一個生活的維度上，像她的故事一樣，經歷人生的起伏。

她的故事鼓勵我不妥協、不放棄，爲成爲最好的自己而努力不懈。

希望你的感受也能如此。

推薦序

不僅登上峰頂，更感動世界

李四端
節目主持人

透過幾場訪問的機會，才開啓我與詠然的認識機緣，原先對運動員的了解實在有限，除了媒體整理的賽況、世界排名、球風，要認識一位「球場以外的詹詠然」，實在是個艱鉅任務。而今透過這本書，生動描繪了詠然的每個態度、處事，甚至不爲人知的眞實面貌，我不僅回想起與詠然互動之後，那種留下的深刻印象與佩服。

詠然的國際觀，是我對她感佩的最深印象。當然，如此特質與養成，詹媽媽功不可沒，她可是詹家姊妹成功背後，最重要的嚴母。詠然在國際網壇征戰的同時，始終能以亮麗而優雅的姿態，將自己視爲台灣網球界走進國際的友誼代言人，一口流利的外語，應對恰如其分。對同齡者而言，她的表現成熟且大器，對於一位運動員而言，她體現的，不僅是競技場上絕佳的身心素質，更在搏分之餘，更不失懇切溫暖的特質。

運動員所擁有的堅毅決心，一直是我最感尊敬的地方，尤其是一位職業運動員，詠然的決心與必須承擔的壓力，絕對隱藏在金盃之後，且，藏的很深。和詠然談到自小經歷的故事，你會發現，她的人生即便有時有眼淚，但絕對沒有後悔，更沒有抱怨。豁達和友善，似乎內化在這位力求完美的競技運動員身上。因此，您必可想見，她所經歷的故事，不僅是舞台上風光的一刻，更少不了舞台下，那種煎熬、不懈，甚至是經歷低潮再起的奮力一擊。

每位運動員都有爲其喝采的粉絲，沉醉在偶像的魅力和勝負的感動中，他們不只在台灣，幾乎在世界各個角落。詠然的成功故事，是所有登上峰頂的人，必經的長久努力與奮鬥；這份感動世界的故事，絕對有著恆心毅力跟絕不輕鬆的篇章。若說網球是詠然人生的故事，那麼詠然的故事，又何嘗不是走向成功，登上峰頂最好的參考。

推薦序

Set one

國立體育大學特聘教授／前教育部體育署署長

人生，從出生開始，每一個人的生活過程都在摸索、探索、適應、學習、成長。「三十而立」可以說是人生第一盤的盤點（set point）。只是每個人的際遇不同、想法不同、企圖不同、面臨的挑戰不同、舞台不同，成就自然也會不同。至於人生第一盤是否達成目標，除了外人給予的評價，就看自己如何看待自己的過去、現在和未來了。許多高成就的人，到了人生第二盤或三盤，都感謝一路上幫助她／他的人。也有許多人感謝出生時先天的空乏或環境的惡劣，引發她／他們必須發揮更大潛力，來適應環境，平安過生活。之後，當機緣來的時候，她／他們的表現就自然而然優於常人，成就了世人讚賞的卓越表現。

詠然，從高中到大學之後，每年都積極準備參加四大公開賽、亞運會、世大運，以及奧運會。她不僅持續創造個人在世界網壇的高人氣，也維持台灣在世界網壇的曝光和高知曉度。在人生的第一盤，詠然是如何創造專屬於自己的網球高成就，以及在網球之外，詠然不為人知的人生歷程，這本書有詳實細膩的敘說。我很榮幸受邀試閱節錄，閱讀過程，偶有啓發，莞爾一笑；偶爾豁然開朗，啊哈頓悟。很榮幸先睹為快，略綴數語，分享心得。祝大家閱讀愉快！

推薦序

生命的啟發，來自面對更多的挑戰

陳藹玲
富邦文教基金會執行董事

球場上的詹詠然剽悍迅速、態度冷靜堅定、擊球力量強大，直是一個運動場上的女王。私底下的她溫柔優雅、有時候還有些含蓄羞怯，一動一靜的結合，讓我對她更好奇，是什麼樣子的特質可以讓她這麼傑出?!

報章雜誌和球場上見到的她，年紀輕輕就在世界網壇上熠熠發光。原本就相信、除了過人的天份之外、一定有許多不爲人知的辛苦。詠然在這本書中揭露的心聲，除了讓我們更清楚她成功背後的血淚付出，更看到了最關鍵的因素，就是她強大的意志力、成熟的智慧。

「一路來遇見了好多無助的時刻、被攻擊到體無完膚的時刻，會害怕、會懦弱、但我還不想放棄呀！身處低谷的時候，持續驅策我追求夢想的「上進心」卻是最大的煎熬，然而在這樣的時刻，我才一次次學會什麼叫做勇敢。」

「至於接下來會面對些什麼人生課題？只能肯定會愈來愈多，但不知道會遇到些什麼，我也不害怕，因爲這一路以來我已經清楚地看見，與其想著完美但遠水救不了近火的解決方案，還不如回頭看看自己身上、往內挖掘，看看自己是不是已具備了這些條件，或許能找到些適合自己、也能做得到的應對方法。因爲，你已是你所需的一切。」

我想，就是這樣子的勇氣和智慧，帶給詠然今天的一切……

詠然、皓晴姊妹情深，跟有氣質又能幹的媽媽 Ivy 同樣感情堅韌。家人的互相支持一定也是她前進的力量！

雖然比詠然年長很多，她的誠懇分享令我非常感動。相信也能給所有讀者朋友更多啓發來面對各自生命中挑戰！祝福詠然、祝福大家！

推薦序

我們相遇在很美好的季節

梁靜茹
歌手

我們相遇在很美好的季節。

詠然、皓晴、詹媽媽。

記得在英國的溫布頓美麗的陽光之下，我在觀眾席爲他們加油的那一天，她們練球的英姿，我羨慕不已，球場之外我們漫步在倫敦街道，共度幾次美好的下午茶和好吃的烤雞大餐，三位都是青春洋溢，熱情滿滿與笑容誠懇。詹媽媽總是開朗的張羅一切的吃喝，輕描淡寫的敘述栽培她們的過程，心裡謙虛不邀功，在我身邊展開溫暖的母親角色看著她的兩個寶貝女兒，三人那樣美好的相愛著。

兩姊妹的努力有目共睹，在台北偶爾相聚也是充滿光芒。今年夏天姊妹倆在海裡一次即興的泳賽，我也在旁激動不已，加油吶喊！詠然熱愛生活，熱愛夏天，很愛自己。這三位女性的身體裡，一定孕育著一種生命力，叫「無懼」和「勇敢」。要登上國際的舞台，是那麼的需要耐心耐力和勇氣，不是嗎？每次發球失誤輸掉的分數，無論如何都是人生當中最大的獲得！只會讓自己更成長也更有智慧。我只能說，每一次再見的時候都覺得她們又更閃閃發亮了！

詠然在書裡提到：「每一場失敗都有它的意義，至於要不要把它轉化成力量，甚至於進化爲你的武器，這是你的選擇。」確實，人在一生之中總會遇到許多挫折，我們不能奢望永遠平靜無波，但還是能選擇用什麼態度去面對。

無論你正經歷高峰或低谷，太陽都日復一日如常升起，即使受到挫折，也別就此甘於爬行，因爲我們明明都能飛行。

無限祝福，也無限的期待，詠然的每一個 next step。

愛妳！

這本書，你一定要讀。

推薦序

你的日子如何，你的力量也必如何

許乃仁
體育主播

一九九九年台中東勢的一場地震，徹底改變了詠然的人生。面臨被毀了的家園，一個只有十歲的小女孩，就必須面臨人生最重大抉擇，並且必須對於自己的選擇負起全部的責任，而且沒有後路。因爲，父母的畢生積蓄，只能再支撐她三年的比賽訓練費用。當時，這個十歲的小女孩毅然地決定擁抱自己的夢想，朝目標前進。但這也代表著隨後接踵而來的許許多多不可避免的生命磨難和挑戰。

接下來的人生，詠然有許多不爲人知的辛酸，除了艱苦的訓練之外，生活上的一切都只能一點一滴的從頭摸索和學習。而且常常遇到今天過完不知道還有沒有明天的恐懼。這就像是漫長的網球比賽中，在激烈的來回拉鋸後，面臨對手的賽末點，你可以選擇放棄，但也可以選擇堅持下去。面對未知的未來，詠然以無比的信心和勇氣去克服一切的困難。然而，在這趟驚險刺激的旅程，詠然也經歷了許多人事物，而這些經歷，也都成爲日後生命的養分，也造就了現在的詠然。

書中詠然分享了許多成長過程中對她影響深遠的人物、電影或是生命的領悟，筆者本身最喜愛的便是聖經的這段章節：

「你的日子如何，你的力量也必如何。」《聖經》（申命記 33:25）

「人生的精彩，在於你累積多少故事。有故事可說，就是美好的人生。」

人生彷彿就像是一場漫長的馬拉松網球比賽，縱使在這段漫長、充滿艱辛和考驗，同時也受到外界許多誤解的旅程中，在內心裡，詠然始終堅持自己的信心和夢想，從不對外口出惡言，因爲她深知身爲一個公眾人物對下個世代所肩負的行爲舉止和社會責任。當然，在這一路上，詠然擁有深愛他的父母、最佳搭檔妹妹皓晴，還有許許多多支持他的朋友和球迷，從這方面來看，詠然是深深受到上帝祝福的。

在此，誠摯地將這本書推薦給每一個人。

與其說這是一本網球選手成長的故事，不如說是一本人生勵志的書，適合你我每一個普通的人，我們都可以從書中去擷取生命中所需要的啓示和鼓勵，因爲對於目標和成功的渴望，是驅動我們達成人生自我實現的最基本的動力。你我都可以從本書中汲取靈感，成爲面對現實人生中挑戰的動力和養分。

推薦序

經歷了這一切，迎來的是甜美的果實

陳建州
P. League+ 執行長

二〇一〇年的某一天，我接到一個陌生女孩的電話，原來是才剛在廣州亞運拿下兩面金牌的詠然，她說希望能夠一起參與 Love Life 的活動，一起關懷93病房的孩子們。

在這通電話之前，我並不認識詠然，只知道她是一個很年輕、成績很優秀的網球選手。對我來說，不論是誰，能夠有心一起參與公益活動都是很值得高興的事。她從其他人問到我的電話，主動地聯繫想要加入，更是令我開心。我們經常一起去93病房，即使個別因為參賽或是工作的原因有時沒能約到一同前往，但醫院同仁跟我說，詠然有時間就會自己做了小餅乾帶去，也和孩子們處得很好。

算一算，我到今年和她認識也有十年了，看著她從亞運的金牌國手，一路成長到登上世界第一的位置，就像是看著自己的妹妹一路成長。這中間她也面對了運動員最害怕的傷病，她在這本書中描述了當時因爲傷病而不得不忍痛專攻雙打，從此無緣往捧起大滿貫女單冠軍獎盃的方向前進；但她仍然努力地接受治療和進行訓練，捱過了超過半年的身心煎熬，最終能夠回到球場上，直到今天她已經累積了四座大滿貫的雙打冠軍。

這段過去，讓同樣身爲運動員，也同樣遭遇傷病的我感同身受。確實，在休養、復健和治療的過程中，身體上的疼和痛都能忍住，然而，心理上的茫然、失落、懷疑……卻會無時無刻跑出來啃蝕你的鬥志，但詠然都撐過來了！她的心智強健且成熟，成熟到能在十幾歲就說出「撐過就是你的。」現而今又能用極爲淡然的語氣寫道：「人生的精彩，在於你累積多少故事。」這份與她年齡不符的成熟，讓人感到不忍，卻又被她大大鼓舞。

「神爲愛祂的人所預備的，是眼睛未曾看見，耳朵未曾聽見，人心也未

曾想到的。」（哥林多前書２：９）

詠然曾經遭遇外在的災難、身體的病痛，以及在球場上無數次的失敗，就和每個人的生命都會遇到波折一樣，然而在經歷了這一切，她迎來的是甜美的果實。如果你也正處在茫然、失落、懷疑……之中，讓詠然的故事陪著你走過這段死蔭的幽谷吧！

推薦序

若要人前顯貴，就要人後受罪

戴晨志
暢銷書作家／國際知名激勵講師

打網球，很辛苦，沒有「代打」、也沒有「板凳替代球員」。不管單打、雙打都是一樣。

有一次，詠然在國外參加比賽，遇到一些挫折；我傳個簡訊給她——「力量來自渴望，成功來自堅持！敢想、敢要、敢得到！」詠然接獲簡訊後說，她好喜歡這些話，尤其是「力量來自渴望」！

是的，所有力量，都是來自對目標、勝利、奪標的「熱切渴望」。詠然在接受其他媒體採訪時，曾經說道——她曾經在自己房間的「化妝鏡、與窗子玻璃上」，用口紅，寫上大大的字「力量來自渴望」，來天天激勵自己！

詠然曾經在二〇〇九的台北海碩杯比賽中，六天之內，決戰九場，大獲全勝，也拿下女子單打、雙打的「雙料冠軍」。她在拿下冠軍後，掉下眼淚說道：「有一度，我好想放棄，累得不想再撐下去……可是，看到那麼多人到球場來爲我加油，想到爸爸、媽媽那麼辛苦照顧我、陪我奔波，我就不能輸，我就要繼續奮鬥下去……」

眞的，每個人都要有「明確目標」，以及「贏的渴望」。所以，我們都在學習——

- 「不生氣、要爭氣。」
- 「不看破、要突破。」
- 成功的唯一祕訣，就是堅持撐到最後一分鐘。
- 在經過無數的艱辛努力與奮鬥之後，「最後笑的人，笑得最美！」

其實，詠然在第一次與我見面時，就曾經跟我說：「戴老師，我永遠不會忘記你書中的一句話？」此時，我心裡有點緊張，因爲我寫了五十多本書，我不知道她到底記得「哪一句話」？這時，詠然笑笑的說，就是那一句：「放棄，只要一句話；成功，卻需要一輩子的堅持！」

哇，我一聽，心裡好感動！因爲，詠然是一個喜歡看書的孩子，她不僅看書，還把一些能夠幫助她的一些詞句文字、名言佳句，都記錄在自己的筆記本上、帶出國比賽。在比賽中場時，有時候輸球，就翻一翻筆記本，看看哪些話語，能夠幫助自己、也做正能量的心理建設，希望下半場能夠「反敗爲勝」。

有一次，詠然告訴我，有時候筋疲力竭時，要放鬆肌肉、消除疲勞，她要泡「冰水澡」。啊……泡冰水澡？那不是冷死了？這是眞的，還是假的？

我問詹媽媽。詹媽媽說：「對，我常到超商買一袋袋冰塊回來，放到浴缸裡，加入水，讓詠然在浴缸裡浸泡……」聽到這裡，我相信詠然與詹媽媽不會欺騙我，「泡冰水澡的事」一定是眞的。而我也相信——「若要人前顯貴，就要人後受罪。」

我也記得，詠然還跟我說參加國際網球比賽，賽後需要「藥檢」。可是，有時明明比賽已經輸球了，還要被要求去驗尿，心裡眞是很煩。但沒有辦法，大會規定，就必須遵照辦理。所以，詠然就趕快去廁所，把尿液裝進杯子；可是，因爲趕時間、心裡焦急，只好小跑步……哪知，一不小心，一個踉蹌，人跌倒了、杯子掉到地上了、尿也全都灑在地上了……

天哪，怎麼辦？明明正在趕時間，尿液灑了、沒有樣本交去藥檢了……生氣嗎、憤怒嗎、臭罵嗎……都沒有用，即使氣死了，都沒有用、都無濟於事！怎麼辦，只好趕快「忍住氣」，再去喝一大杯水，讓自己有尿意時，再趕快把尿液裝到化驗杯，再小心翼翼拿去大會規定的地方檢驗。

是的，「生氣，沒有用，要爭氣、要爭氣……」凡事都要小心、謹愼，免得事倍功半，甚至徒勞無功啊！

我曾經看過詠然年輕時的筆記，上面寫著：「縱使父母曾痛心的大罵、甚至責打我們，但我深信，責罵我最多的人，就是成就我最多的人，只要我虛心接受。」看到這一段，我好感動。如此用心學習、隨時自我反省、做事不馬虎的孩子，將來一定會成功。

如今，詠然出書了。她把她自己一路走來的故事與心情，跟所有讀者們分享，真是太棒了！在此，恭喜詠然、祝福詠然！

序章

在我十五歲時，我接觸了我網球生涯中的第一位體能教練——Idrissa。

Idrissa 是非裔美國人，出生在非洲的某個小部落，在四歲的時候親眼目睹母親在河裡被鱷魚咬死，父親也在某次雷擊意外中身亡。某天離家出走來到了城裡，因爲好久沒有進食，被烤餅乾的香氣吸引，循著香味來到了一家烘培坊前，盯著剛出爐的餅乾流口水……而在馬路的另一端，有對來自歐洲的年輕夫妻看見了他，他就在這裡遇見了他未來的養父母。

當這對夫妻了解了他的家庭背景，詢問他是否願意讓他們成爲他新的家人後，辦妥手續，也讓當時還很年幼的 Idrissa 與非洲家人告別，把年幼的他帶到世界的另一端開啓了嶄新的生活。

回到歐洲新家的第一件事，新爸媽帶他進浴室讓他好好梳洗一番。可是過了好長一段時間，Idrissa 都沒有出來，於是新爸爸趕快進到浴室瞧瞧究竟發生什麼事？原來在非洲，得到乾淨的水源不容易，於是 Idrissa 就趕緊大口大口喝水，年幼的他以爲乾淨的水只有從牆壁水龍頭開關連接到蓮蓬頭的水管那麼一小段而已，怎知水一直喝都喝不完，喝到肚子都圓滾滾了，還是不斷有水湧出，於是新爸爸告訴他，別擔心，這裡的水是喝不完的，他可以拿來洗淨身體，不用擔心自己沒水喝。

後來長大後的他，成爲了一位拳擊手，離開拳擊界後，成爲了一位體能教練，我也在他成爲體能教練兩年後，在美國某個網球訓練營遇見了他。我沒有參與他的成長過程，也不知道他離開非洲後是如何適應在歐洲的新生活、什麼樣的因緣巧合讓他成爲體能教練，但他不止在體能訓練上幫助我很多，更成爲影響我非常深的一位心靈導師，也開啓了我對於運動文化的認知。

由於當時十五歲的我沒有經歷過眞正專業的體能訓練，我必須吸收、適應很多的訓練方式，包含重量訓練、心肺訓練、腳步移位、平衡、身體控制，當然這些都還不包括在我的網球技巧訓練，第一次接受這麼多的訓練方式，

除了身體上的疲累，最大的挑戰還是心理上的調適。每天醒來，總是有不同的地方在痠痛，有時候腿痠到無法下樓梯，有時候手跟石頭一樣重到抬不起來，有時候肚子痠到連看到好笑的事都不敢大笑。我一向自認是個很能吃苦的小孩，無論再怎麼重的訓練都會咬牙扛住，因爲練完總有一種踏實的成就感，好像自己征服了一頭野獸一般。

直到有一天，在結束一整天的球場練習後，傍晚進入體能訓練時段。原本的菜單是腳步折返的心肺訓練，有兩種不一樣的折返組合，要各做完十組才能結束，每一組的時間大約都在四十五秒到一分鐘之間。在這麼短暫的時間內，必須全力衝刺，我的平均心跳大約會落在每分鐘一八〇～一九〇下左右。

可那天教練說：「我們把兩種不同組別加在一起，兩種一口氣跑完才能成爲一組。」我一聽，傻了……平時跑一種到第三組就開始會很吃力，心跳超快，甚至喘到像是連支氣管都發出哀號，這回竟然要一次跑兩組才能休息一次?!但好強的我還是接下任務，開始瘋狂地做折返訓練，跑到第六組結束之前，我的心跳已經超越二百下大關好多次！

喘氣間，突然感覺臉上有道涼意緩緩地滑落，「天啊，我不會是在哭吧?!」我上氣不接下氣的告訴教練：「我……我不想……哭，我……沒有要……承認……我很累，我真的……不知道……爲什麼……在哭？」教練看著我說：「沒有關係，我知道你不是軟弱，也相信你不想哭，你喘完後，再告訴我你要繼續把剩下的分量完成，還是你今天想休息了？」

在接下來組別裡，衝刺的過程中，臉上都有涼涼的感覺，折返的時候我看到有更多的水珠落在球場上，我知道我還在流眼淚，但我也知道我一定要跑完才能證明我不是軟弱的，我不是撐不下去而掉眼淚，我一定要跑完！我要證明我比我看起來的更加堅強！

在練完之後，教練拍拍我的肩膀，告訴我：「你剛做得很棒，因爲你今天面對的是你最大的敵人，你超越的，是你自己的內心，即便你掉下眼淚，那也是你勇敢面對的眼淚。未來有很多的時候，你必須要獨自面對這樣的艱難時刻，但是你要知道你有能力面對，就像你今天選擇完成訓練一樣，永遠對自己的選擇負責，也永遠相信你比自己想像的更加堅強！」在這時候，我才知道，原來我想證明的，不是讓教練看見我的逞強，而是讓內心更堅強的自己看見我對於夢想的承諾！

強大的對手

——命運！

那是在我十歲的生日派對上，証惠送我她自己做的襪子娃娃，還有其他人送我卡片，爸媽幫我準備了一個大蛋糕，還有很多糖果餅乾，我開心地歡迎小朋友們，大家拍著手唱完生日快樂歌，所有的人都笑得很燦爛，我雙手合十，許下十歲的生日願望。

那時的願望我已經忘記了，十歲的我怎麼也想不到，就在一個月後，我的世界會地動山搖，而我的人生，也在那一瞬間轉變了方向，踏上了截然不同的另一條路。

強震，襲來！

十歲生日剛過的某天晚上，我做了一個夢。夢裡，我在兒童樂園裡坐雲霄飛車，一會兒上上下下，接著又左搖右晃。這個夢好眞實，又好刺激，刺激到我在夢裡坐完這趟雲霄飛車，想去上廁所。

我醒來，坐在床沿，在黑暗中用腳去探床邊的拖鞋。探到的，並不是拖鞋，也不是平整又帶點冰涼的地板，腳下探到的是原本放在床頭櫃上的鬧鐘、是原本在架上的故事書、是原本靠在書桌邊的椅子……腳下探到的盡是凌亂。

順著牆，摸到了電燈的開關，扳了幾次卻不亮。正想去找媽媽，剛好聽到她的聲音向我和妹妹皓晴的房間過來，但她的聲音和平常不太一樣，她叫我和妹妹不是平常溫柔的「詠～」和「晴～」，而是用幾近淒厲的聲音哭喊著：「我的孩子啊！我的孩子啊！」

眼睛，慢慢適應了黑暗，就著月光，我看到翻倒的書架和桌椅，窗外的

震災讓我家一樓消失

（當時六歲的皓晴看到相機就自然反應比了 YA ！）

電線桿也歪歪斜斜；耳朵，漸漸清晰了起來，媽媽的哭喊聲、爸爸和鄰居大人們的叫聲不絕於耳，一種前所未有的感覺，似乎跟著光腳踩到東西的刺痛從腳底直竄頭頂。

是害怕！比我第一次在全校同學面前站上臺講話更讓我害怕！因爲身邊發生的一切已經遠超過我當時所知範圍而帶來的害怕！那一年六歲，本來正熟睡的皓晴被吵雜聲驚醒而大哭，周圍的嘈雜、混亂，我努力地想搞清楚到底發生了什麼事，但我和皓晴卻一直不由自主地跟著棉被、枕頭……所有傢俱一起滑向牆邊，連站起來都沒辦法！

通往一樓的階梯已經完全崩壞、二樓所有的窗戶都嚴重扭曲到無法通過，爸爸、媽媽抱著我和不斷大哭的皓晴，扶著奶奶走上了三樓的陽台，越過了頂樓的女兒牆，踩著鄰居大人們用原本我們家的超市貨架搭成的樓梯，從極度傾斜的家裡逃了出來。

不記得我們是在哪裡捱過那一夜的，只記得第二天一早，爸爸、媽媽帶著我們回家，或者應該說原本是家的地方，試著要找出一些像是身分證、戶口名簿之類的重要物品和衣服，我看著平常上學會經過的馬路，本來高掛的招牌都掉在地上，曾經熟悉的房子，都不再是像以往那樣聳立，而是傾頹在我面前。原本的家，一樓是爸爸和媽媽經營的連鎖超市，現在幾乎消失；凌晨被用來當逃生梯的貨架，原本是我和皓晴常常用來玩捉迷藏的地方，曾經上面擺滿了各種糖果、餅乾，現在也散落一地。在磚瓦的空隙之間，我看到一個壓扁的軟糖桶，前幾個禮拜我才帶了一個一樣的到學校和班上同學分享，慶祝我的十歲生日。

傾倒的家、壓扁的軟糖桶、不知道從哪裡傳來的求救聲、爸爸的嘆氣聲、媽媽的啜泣聲……我多希望這只是一個夢，但是眼前的一切卻是眞實的。

台中，東勢。

一個在經濟飛速成長的年代裡，仍始終保有自己步調的客家小鎭。

一九八九年，我在這裡出生。爸媽當年經營一個連鎖超市，全盛時期曾經在台灣的不同縣市有七家分店。以前年紀很小，家裡生意興隆的盛況只能在長大之後從大人的講述裡了解。有一個同鄉的長輩曾經跟我這麼說：

「你們家的超市很有名啊！全東勢加起來大概五萬人，應該所有人都曾經上你們家買過東西。」

「過年的時候才驚人！很多人從北部要回鄉下或是探親拜年，中間都會停在你們家買禮盒或是年貨，那時候禮盒和貨架都排到店門外面的騎樓底下，停下來買東西的車子都把你們家門前那條東蘭路兩邊停滿，有的客人還會併排停車，把很寬的省道占到要小心會車。生意好到店員小姐結帳都來不及把錢收到收銀機裡……」

爸爸從年輕的時候就愛打網球，高中時還是校隊的選手，後來因爲要繼承家業，就沒有在網球的路上繼續發展，但工作之餘還是愛打網球。我們家附近有一座東勢鎮的公共球場，如果爸爸不在店裡，大概就是球場上。漸漸的，常在球場一起打球的大人們組成了一個以東勢環境爲名的「山城俱樂部」，這群叔叔、伯伯和阿姨們當中有老師、照相館老闆……在各自本業之餘，持續打著熱愛的網球。

獎品組

因爲曾經接受過校隊系統化的訓練，球技和比賽經驗自然比其他人有厚實的基礎，爸爸也就這麼自然而然地被公認爲是山城俱樂部的隊長兼教練，帶隊參加各種業餘盃賽，山城俱樂部總是能斬獲不錯的成績。

據說，爸媽的相識也是在網球場上。當時，一位花樣年華的少女想學網球，於是她的一位男同學帶她到網球場，但男生的基礎也還不穩固所以教得「零零落落」，在一旁的山城俱樂部詹教練實在看不下去，就主動上前教他們兩人。後來，這位少女就成了詹太太。

在東勢這個小山城裡，我度過相當快樂的童年。因爲優渥的家庭條件，我從小是被阿公、奶奶和爸媽捧在手掌心上的小公主，四歲我就開始學英文，後來還去上雙語的幼稚園。媽媽很重視教育，就讓我去嘗試各種才藝，於是從原本的英文開始，漸漸地擴展到繪畫、鋼琴、珠算、游泳……每一天的行程都排滿，而我也很樂在其中，因爲每樣都是自己想學的，也玩得不錯，偶爾有機會去參加比賽常拿不錯的名次回來。

上了小學，成績不錯所以年年都拿模範生，每到生日，不但會帶當年很流行的軟糖桶到學校和同學們分享，也會邀請同學們到家裡來玩。因爲家裡的店在東勢小有名氣，而且我也在學校交了很多朋友，那時候，不論走到哪裡，不論大人、小孩，也許不知道我叫什麼名字，但都知道我是「超市詹老闆的女兒」。

爸媽要打理不同縣市七家分店的生意自然是相當忙碌，在我的童年裡，除了爸媽、阿公、奶奶等等家人外，對我最重要的人非奶媽一家人莫屬了。隨著皓晴出生，媽媽要帶兩個小孩又要照顧生意，開始有些分身乏術了，於是，阿公就找了奶媽和奶爸來照顧我們，他曾經說，之所以請他們來照顧我們，是因爲認定他們夫婦很善良，絕對會很疼我和皓晴。

奶媽的年紀比我爸媽都大很多，所以他們都叫奶媽「阿姨」。奶媽和奶爸兩人有兩個比我和皓晴大很多的兒子，因此他們一直很期望能有個女兒，阿公就是因爲這一點，再加上他們平常和鄰居相處得都很好，爲人很熱心，住得離我們家又非常近，就請奶媽照顧我和皓晴。

強震的那一晚，整個鎮上陷入一片漆黑！就著矇朧月光，還有鄰居零星

NYKU
6606 13 9
JP 4300
6612 19 4
JP 4300

幾支微弱的手電筒，爸媽帶著我們全家中爬出了曾經是家的斷垣殘壁，從三樓陽臺要下到地面，雖然有貨架可以踩踏，但落差對當時還很小的皓晴實在太大，正當爸媽不知道該怎麼辦的時候，一道亮光後面傳來熟悉的聲音：

「來，妹妹，不要怕！」

是奶爸！平常是工程師的他拿著超亮的手電筒來了，他的出現令人感到無比安心，皓晴也停下了哭聲。我們第二天才看到，奶爸和奶媽的家其實也倒了，他們一家人逃出來的時候連鞋子也都沒穿，滿地碎裂的玻璃、碎石、斷裂的招牌讓當時光著腳的奶爸一家只能找地方先坐著，但他很擔心我們，在看到一位穿著拖鞋，才剛剛花了好大力氣脫困的鄰居時，他便把正坐著的椅子讓給這位鄰居休息，借了鄰居腳上的拖鞋，拿著他平常工程用的手電筒來找我們。

有好一段時間鎮上的水也停了，我們得到溪邊去打水，洗衣服和洗澡就直接在溪邊解決，重建期間，所有的人只能分享著極為有限的資源。家裡的超市倒了，還好後面的貨倉沒有被壓垮，爸媽就把裡面的日用品、食品拿出來，儘量分給鄰居們。後來爸媽買到了當時很難買到的兩個貨櫃屋，一個我們家住，另一個就給奶爸、奶媽一家人。

當我們決定搬到北部的時候，我最捨不得的就是奶爸、奶媽，那時候心裡好複雜，一方面很清楚如果要繼續打球，就一定要搬離當時連個平整球場都沒有的東勢，但另一方面，又沒有辦法每天看到奶爸和奶媽。

在北部比較安頓了之後，爸媽會趁假期帶我們回東勢探望奶爸、奶媽和親人們，以及山城俱樂部的那些叔伯阿姨們。每到要回台北的時候，我還是會感覺難過，但又不希望奶爸、奶媽發現，所以就會一個人偷偷躲起來哭，哭完了，再回來收拾東西準備回台北。奶媽看到我眼睛腫腫的，都會問我：「妳剛哭哦？」我總是很逞強地說沒有，不希望他們擔心我。

奶爸和奶媽在我們要出發的時候，總是會緊緊地抱我一下，雖然他們沒說什麼，但會讓我感到溫暖和安心，就像被他們照顧的時候一樣，就像那時聽見：「來，妹妹，不要怕！」一樣。

拯救賽末點！

一九九九年九月的震災，是我們全家人命運的轉折點。

有一天，爸媽十分愼重地問我：「妳眞的喜歡打網球嗎？如果妳眞的喜歡，那我們要搬去台北、要出國比賽，爸爸媽媽的錢只能讓妳再打三年，如果成績不好，就要回來讀書，妳確定嗎？」當我用力地點頭許下這三年之約，職業網球成了我的，更是全家共同努力的目標，而且是要跟時間賽跑的目標。

在北部，我過著早上上課、下午練球、晚上讀書的日子。還在東勢的奶媽知道我們過得辛苦，隔二、三個禮拜就會自己包二百、三百個水餃給我們帶回台北，這時媽媽已成爲家庭的經濟支柱，開始批衣服來賣，經常忙到晚上八、九點才能回來。所以我也開始煮水餃、炒高麗菜，雖然會偶爾忘了放鹽，還是學著下廚張羅大家的晚餐。現在回想起來，這段日子單調到幾乎可說是清苦，但非常充實，而且讓我和當時也已經開始練球的妹妹全心專注在

49　拯救賽末點！

訓練和學業上。

爲了累積經驗和爭取排名，我開始參與國際的賽事。第一次要出國打青少年賽事的時候還覺得很有趣，雖然那時候家裡的經濟狀況仍然很吃緊，身邊還跟著教練爸爸，但心裡多少還是覺得「坐飛機」、「出國」像是去旅遊的，可是一下飛機，一個立即的問題讓我完全不知所措——英文！

我一直自認英文不錯，小時候上過英文家教、上過雙語幼稚園，也因爲學科成績有媽媽的督促始終不差，但到現實生活裡，加上了不同專業領域、慣用語法，課本上的東西幾乎無用武之地。剛開始打國際賽那一陣子，我眞的就跟個啞吧一樣。至於我的教練爸爸……我只能說，他的專業能力是網球和經營連鎖超市……所以只要我沒辦法開口說話的狀況，他大概也幫不上什麼忙。

第一次出國比賽，有很多東西因爲學校沒有教，或是用法和口音和老師教的不一樣，所以都聽不懂。像打完球有其他選手過來問：

選手：Did you win?（你贏了嗎？還好～這我聽得懂）

我：Yes, I did.（是的，我贏了。）

選手：What's your "SKOR"?（你的「SKOR」是？）

我：呃……What?（什麼是「SKOR」？怎麼辦？這到底什麼意思？）

旁邊有另一個外國選手看到我不知所措的樣子，就跟我說："SKOR" means 6-1, 6-3, 7-5……

我才了解，哦～他在問 SCORE（比分）！

十一歲時跟一批選手一起到印尼打東亞巡迴賽，也一起訓練。第一次訓練的時候，外籍教練就跟我們說：

You run from baseline to service line.

我聽了之後，腦子裡一堆問號？Base（基地？）、Line?（線？）、Service（服務？），我知道教練叫我跑，但是從哪裡到哪裡啊？

在網球的路上，很多單字、用語當時都得重新學，幸好，同梯有一位大我一歲，叫黃怡萱的女選手，她的爸爸是她的教練同時也是英文老師，所以這位女選手的英文很好。因爲我們常會一起出國比賽，他們都會主動教我，

漸漸地，只要是這位爸爸或女選手在現場，即使有些英文我是聽得懂的，還是會讓他們開口，因爲我怕丟臉。

直到有一次去埃及，那趟只有我和我爸爸，同行沒有其他台灣選手。在國外的時候，從 transfer、check-in（轉機、報到／換登機證）、問機場工作人員找 gate（登機門）……都得要自己慢慢學。從那次開始，不管會不會丟臉，都得硬著頭皮開口講。以前是因爲一直有個英文比我好的人在，怕自己講錯，怕丟臉，所以才不開口說。在埃及的那兩個星期，環境讓我克服了這

個恐懼——就算講錯，又如何？重點是我能否表達自己的需求，錯了，會有人跟我說什麼是對的，就開始很敢說，就算聽不懂，也敢去問別人。

剛開始打比賽由於經濟狀況和比賽強度的考量，常常到離台灣近一點的國家，因此除了英文，同一時間還有另一個挑戰——環境！第一次打國際青少年賽我就連報了五站，都在印度和孟加拉。出發前就知道當地衛生條件不理想，還特別帶了整箱的水、泡麵、泡粥。一些前輩還教我們，因爲行李能裝的礦泉水有限，所以要把帶去的水要和當地買的水一天一天調整比例混著喝。即使都注意了，還是一直拉肚子！

那五站中有兩週在發燒、拉肚子，躺在床上不能動。尤其是在第三個星期，特別想家！但當時因爲剛開始打國際青少年賽，也因爲在九二一之後家裡的經濟狀況不好，還有和爸媽的三年約定讓我有贏球的壓力，只能告訴自己撐著！

第三個星期，爲了爭取晉級，即使發燒了還硬拚打八強賽，在場上頭昏腦脹到連跑直線都有問題！雖然後來完成了比賽，接著卻在床上躺了三天。

等到身體好轉一些後，接著到孟加拉，卻還是繼續發燒。躺在床上休養久到爸爸不得不要求我下床走一走，可是頭痛得要命，根本走不穩。爸爸後來很後悔讓我打完那場八強賽，覺得付出的代價太大了，生病對一般人的身體都是一個傷害，更何況是選手！因爲不是只有身體感覺到疲累的問題，更麻煩的是對運動表現至關重要的心肺效能、肌肉量都會流失，一切的訓練要重新來過。

在印度的生活條件或許聽來很刺激，到了歐洲也不是一切都很舒服，畢竟比賽的規格不同，主辦單位能提供的服務就高低有別，以當時我的經驗、積分，以及經濟條件，還是只能先報一些小比賽。第一次去歐洲打比賽，在法網開始之前先到義大利和比利時，主辦單位每一天的午、晚餐都是紅醬義大利麵，而且爲了服務大批的選手和工作人員，都會很早就煮好放在餐廳，等到我們去吃飯的時候，麵常常已經是整坨黏在一起，得用刀切成一塊一塊沾紅醬吃。我並不是個會挑食的人，但這麼連吃了幾個禮拜，也讓我後來有一陣子對紅醬義大利麵敬謝不敏。

現在想起來，小時候爲了搶積分常去印度，卻也在幾經磨練後造就了鋼鐵般的腸胃和意志，不太會生病和拉肚子，也因爲那一段經歷，轉職業之後，就算有機會再去印度比賽，也可以完全適應當地的飲水和食物，不用另外再拖著礦泉水和泡麵過去了。

除了吃，「住」也有很多挑戰。有一年在印度新德里比賽，大會安排的是選手宿舍而不是旅館，每個房間卻只有三分鐘左右的熱水，那時的季節日夜溫差大得驚人！早上二十六度，晚上卻可急降到只有六度！在溫暖的白天比賽、練習流了滿身大汗回到宿舍，我和同房的女選手只能洗戰鬥澡，因爲一個人如果洗的時間長了，後面一個就得在可用「冰凍」形容的晚上洗冷水！

青少年賽的日子幾乎談不上「生活」二字，打球、練習、看比賽、回旅館趕快吃飯、洗澡、洗衣服，就這樣不停地循環。出去比賽衣服大部分都自己洗，一方面是因爲送洗要另外花錢、花時間等，二是送洗回來有時會少一件衣服或一只、兩只襪子之類的。這也讓我好像在當兵一樣，學會了很多求生技能。

洗衣服只要有水都好辦，麻煩的是晾乾。搭飛機的行李超重和超件費都高的嚇人，所以我們能帶的衣服有限，但比賽和訓練又得每天都要換洗，為了來得及晾乾，我學會了用毛巾脫水——把大浴巾鋪在地上，然後把洗好的衣服一件一件地排在上面，襪子和護腕最後塡進衣服之間的小空隙，接著就像壽司一樣把浴巾捲起來，再對折，然後用腳踩，加速吸水。

我還會利用旅館房間裡一切可以掛的地方來晾衣服：椅背、門把、抽屜、窗框……等等。如果房間裡有立燈是最棒的，我們會把毛巾、襪子、護腕放在燈罩上，藉由燈泡的熱度來烘乾，有時候放得多到燈罩會垂下來，甚至透不出亮光，幾乎失去照明功能！

有一次我練完球，一開房間的門就聞到燒焦味，我和同房間的選手兩個人找了半天，才發現是我們前一晚晾在燈罩上的毛巾，因為距離燈泡太近而過熱，已經燒焦了！現在知道拿用電燈當烘衣器很危險，但在當時卻是為了能專心比賽和訓練而學得的日常。

四維膠帶盃
童網球錦標賽
婷獎助學

讓我鍛造出意志力的，不止在對環境水土不服，更在比賽本身。青少年賽事在前幾輪是只有巡場裁判的，所以有時候會因爲有沒有得分要和對戰的小選手「吵架」，也得向裁判說明對方「污」球來爭取自己應得的成績！當然，都是用英文。

比較常見的是明明我的球壓線，卻被「污」成出界，驚人的是有人在很容易留下球印的紅土場也敢污！有一次，我球打到壓線，但對手堅稱是出界，我就和巡場裁判說對手污我球。受限於當時的位置，巡場裁判雖然有看到那一球，但不能十分肯定是出界或壓線，於是就走過來看球印。那個對手很厲害，她很自然地用腳踩住我的球印，不讓裁判看到，還是裁判跟她說：「請妳把腳抬起來，我要看那個球印」。甚至還遇過有人用鞋子踩出一個「球印」的！

這種時候要爭取卻不會講某個關鍵詞，對手又把你吃得死死的！我就覺得不行，一定要想辦法，不能在球場上吃這種悶虧，下了場也更努力去查當時的狀況該怎麼說！因爲這種爭執不是像小朋友吵架，吵不贏自己賭氣回家就算了，沒爭取到不只心情會不好，更有可能會影響到比賽的勝負，同時心裡也可能會感到自卑。

小時候會覺得這些人怎麼這麼過分！但長大後慢慢可以理解，因爲有些選手是被國家培養，很難得才有機會出來比賽，如果他們的國家人很多但資源有限，出來一回、兩回沒有拿到好成績就會被放棄，也許一輩子再也沒有機會出來參賽；甚至對他們當中某些人來說，很可能這是唯一的謀生機會，因此他們才這麼無所不用其極。

我努力守住了三年之約，十三歲那年，我打進了澳網青少年組的四強賽！第二年，我還沒滿十五歲就坐上澳網青少女雙打的后位，是在前輩王思婷之後第二個，也是最年輕獲得大滿貫青少年組冠軍的台灣選手，也在這個冠軍之後，我的網球之路第一次獲得企業的支持。

後來在無意間聽到爸媽兩人的談話才知道，這座冠軍讓他們爲我感到驕傲，因爲標示著辛苦訓練的成果，這座冠軍也讓他們鬆了一口氣，因爲有如驚險救下賽末點一般，來自企業的贊助，讓我們家當時僅能再支撐兩個月的經濟不至破產！

從飲食、住宿的水土不服，到站上球場也會遇到不公平，在不過十幾歲的年紀就面對大人世界的挑戰，學習照顧自己，但當時這一切不論再怎麼痛苦都沒把我打倒，我想，就是因爲我眞的想要成爲職業選手，因爲我和爸媽有在三年內打出成績的約定，更因爲我曾經歷過更辛苦的生活條件，現在才能都是笑著當成趣事在說。因爲，這是實現夢想的必經之路所帶給我的人生體驗！

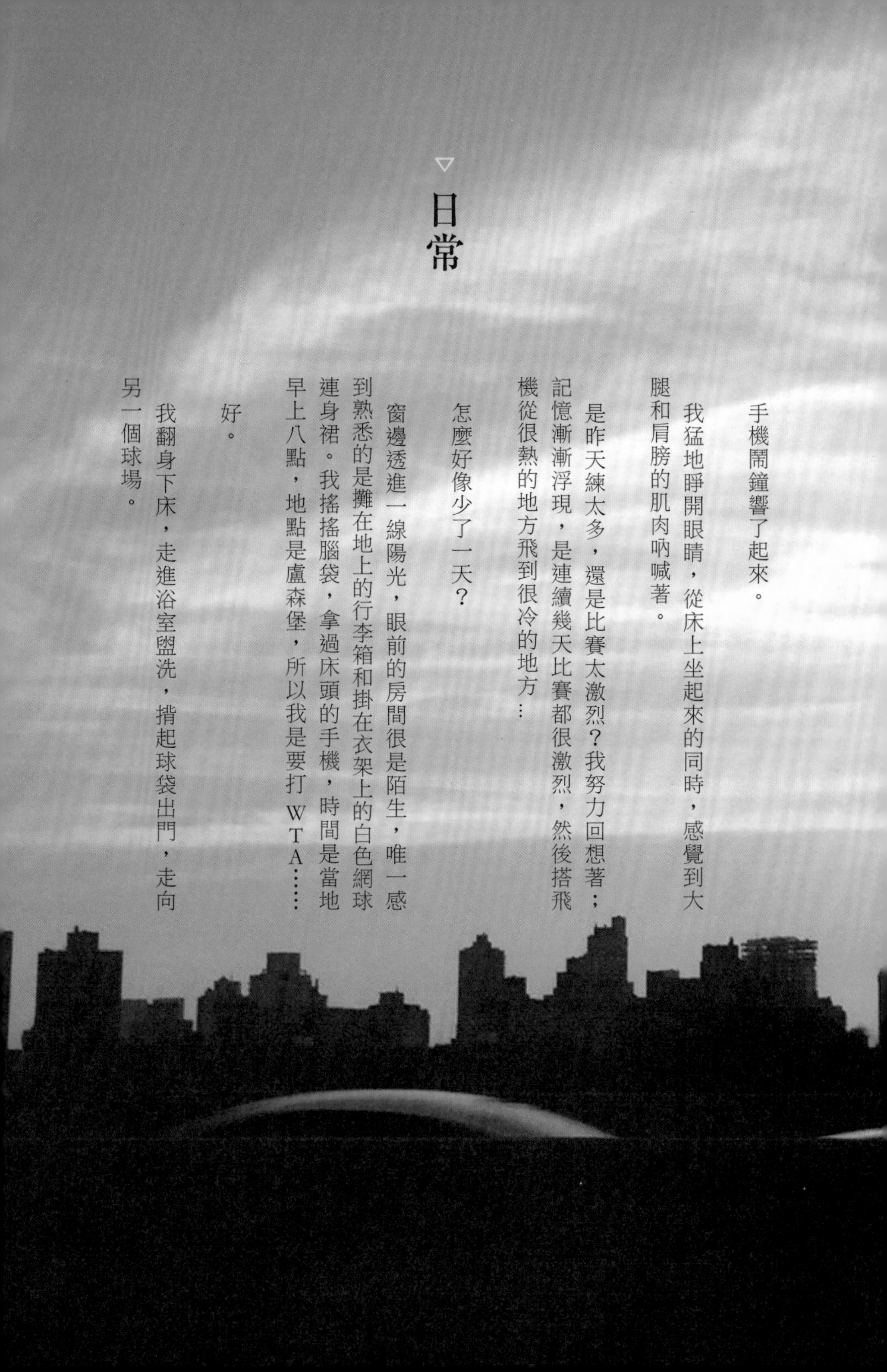

日常

手機鬧鐘響了起來。

我猛地睜開眼睛，從床上坐起來的同時，感覺到大腿和肩膀的肌肉吶喊著。

是昨天練太多，還是比賽太激烈？我努力回想著；記憶漸漸浮現，是連續幾天比賽都很激烈，然後搭飛機從很熱的地方飛到很冷的地方……

怎麼好像少了一天？

窗邊透進一線陽光，眼前的房間很是陌生，唯一感到熟悉的是攤在地上的行李箱和掛在衣架上的白色網球連身裙。我搖搖腦袋，拿過床頭的手機，時間是當地早上八點，地點是盧森堡，所以我是要打ＷＴＡ……

好。

我翻身下床，走進浴室盥洗，揹起球袋出門，走向另一個球場。

Behind the Scenes

不曉得讀者朋友是否曾經有每分鐘心跳超過一七〇下的經驗？或者是有沒有哪位的發球時速能超過一七〇公里？每分鐘心跳超過一七〇下，會感覺全身的血管都在躁動，不是很舒服的經驗；發球的時速超過一七〇公里，得要有很好的身體狀態。這兩個「一七〇」，可以說是我的日常之一。

每一年的十一、十二月左右，是我可以回到台灣好好休息一陣子的時間。在一整個球季密集的比賽、訓練，以及會影響血液循環的長途飛行之後，暫時放下網球，讓全身、心都好好的休息與放鬆，給肌肉充分的時間修補及恢復，其實也是職業選手很重要的一項課題。

這段休息時間說長也不長，因爲當台灣在寒冬中準備歡喜迎接國曆和農曆新年的同時，南半球的澳洲正值夏季，每年第一個大滿貫賽——澳洲網球公開賽也即將開始，所以在我調養同時，也還是要維持足夠的體能訓練。「完全休息」和「體能訓練」，這兩個基本上算是相互衝突的概念，比較好的方式是先完全休息一段時間，把累積一整年的疲勞和壓力倒空，再恢復體能訓練。

就像一部汽車，停著很久沒開，引擎再發動的時候總是會有些不順暢，沒經過調校就無法發揮最好性能一樣，身體完全休息一陣子之後，肌肉會流失，心肺功能會下降，總之就是不到最佳狀態。

有一年我爲了治療眩暈而回台灣好好休息了兩個半月之後，開始恢復訓練，爲了把心肺功能提高，我去台北市近郊的登山步道爬山。爬著、爬著，我開始流汗、愈來愈喘、腳步愈來愈重，愈來愈多來散步、運動的阿公、阿嬤從我背後輕鬆地超越，我心裡想著：「天啊！我是現役的職業運動員吔！體能怎麼可以比不上來運動的阿公、阿嬤？」

即使心裡有著不服輸的吶喊，但眞的喘到受不了！加上一直以來的暈眩宿疾，我知道自己不能太逞強！找一個步道邊的大石頭坐下，抬起運動手環一看，當時的心跳已經高達每分鐘一七〇下！我能清楚地感覺到太陽穴和頸動脈血管在躁動著，心臟像是想從喉嚨裡掙脫出來一樣地狂跳！

接下來就是澳網了，我要能站上場和世界各地好手一較高下，體能至少要恢復到發球時速能到一七〇公里以上，看看手環上顯示的日期，從每分鐘心跳一七〇下調整到發球時速一七〇公里以上，我只剩四十五天的時間！

選手的生涯其實有點像表演工作者，球迷朋友們主要關注的還是在選手球場上的拼搏，就像影迷欣賞一部精彩的電影、劇集，或是歌迷聆聽一首好歌、品味一張好專輯。然而在站上球場奮戰之前和之後，甚至在每一場比賽的中間，我的日常都在爲場上的表現準備和累積。

在場上全力奔跑、剎停、急轉、揮拍而大量使用的每一個關節、每一條肌肉，除了藉由訓練使它們足夠強健之外，也需要視當時身體的狀況，在賽前用貼紮來幫助關節更穩定、壓縮肌肉來產生力量，甚至是止痛；賽前需要一至兩小時的充分熱身，比賽完拆掉這些貼紮，也還要花至少一小時的伸展、放鬆，讓經歷高強度使用的肌肉漸漸緩和下來。

賽後的大汗淋漓只能淋浴，然後到大會預備的防護室，坐進裝了冰水的浴盆，再請防護員拿兩大包冰塊加進浴盆裡，如此一來才能避免疲勞的肌肉在明天變得僵直、無法伸展、活動。泡在冰塊水裡，正在爲身體散熱的皮膚和毛細孔會急速收縮，冰涼的水此時會變得像是一百萬根細而尖銳的針，不停扎著妳！

冰塊浴帶給我的並不是舒暢的沁涼，而是至少十到十五分鐘持續不斷的刺痛針扎！每打完一場比賽，不論輸贏，我都必須經過這樣的「洗禮」，即使再不舒服，我也得忍住，因爲我很清楚這個疼痛會讓我的肌肉明天仍然可以承受高強度的對戰，把訓練的成果好好的發揮出來。

不只是賽後要泡冰塊浴，在經過高強度的訓練進度之後也得要泡，如果訓練場地沒有冰塊浴，就得要到三溫暖去泡冰水池。我在台灣有一間常去的三溫暖，也因此和那裡的常客很熟，這些阿姨、大姊們非常熱情和可愛，也很關心我，在她們眼裡，我並不是一個「選手」，而是一個球打得很好，訓練很辛苦的小妹妹。有一次當我坐在冰水池裡忍著皮膚上的刺痛，臉上極度扭曲的表情引起了大姊們的關心：

「詠然啊！哩那會感覺架甘苦？是要泡哇久？（妳怎麼會感覺那麼辛

苦？這要泡多久？）」

「我得泡十五分鐘才行。」

「哎喲！看哩架甘苦，阮會不甘啦！（看妳這麼辛苦，我們會不忍心啦！）」

這幾位大姊並不只有嘴上說說，因爲不忍心我被冰到這麼難受，她們就從熱水池換到冰水池裡：

「阮來乎妳加燒！（我們來給妳加熱！）」

水池旁的溫度計一直停在六度，低調又堅定地告訴我，這幾位大姊的加入並不能改變這整池的水溫，但是水流因此而改變，給原本已經漸漸適應溫度，對刺痛快要感到麻木的我帶來新的感受：幾千萬根針狂暴地扎下又拔起！節奏凌亂到像是一個發了瘋的演奏家在砸毀他的鋼琴！

大姊們畢竟平常不習慣泡太久冰水，沒過幾分鐘，就紛紛感到受不了而回到了溫熱的池裡，走的時候還不忘回頭關心：

「哩阿奈有咖厚嘸？（妳這樣有舒服一點嗎？）」

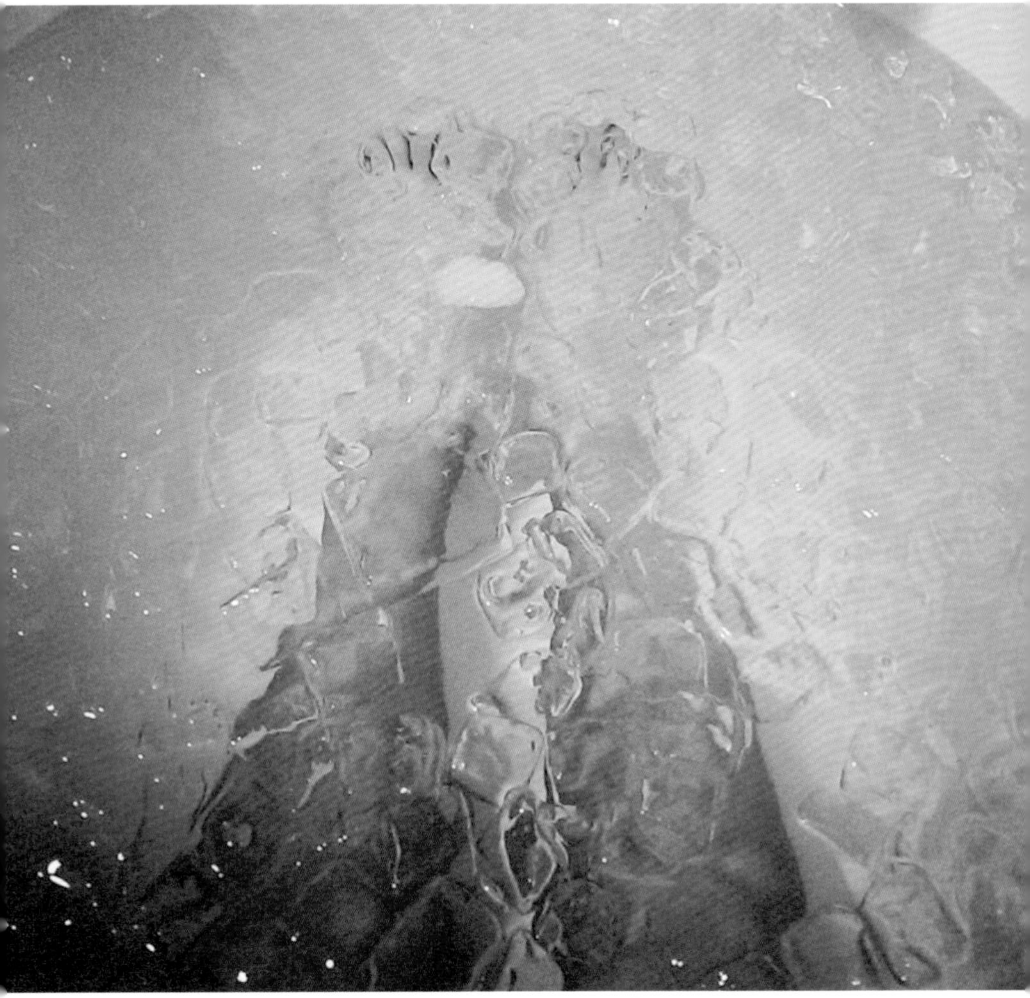

我奮力地擠出一個微笑、點點頭回應她們。狂亂的針扎還沒回歸平靜，身上依然是刺痛的，池水始終是冰涼的六度，但我的心裡，是暖的。

賽後泡冰塊浴的時候要先把腳包好，除了避免末稍神經因爲麻痺而凍傷之外，也因爲惱人的水泡。起步、跑動、急停、旋轉、跳躍，這些動作都會讓雙腳不斷地在鞋子裡摩擦，加上我比較會流汗，只要天氣熱一點就少不了起水泡。起了水泡再浸到冰塊水裡，那感覺就不止是針扎，而是千刀萬剮！

對職業選手來說，起水泡其實是一件很稀鬆平常的事。在剛轉入職業的時候，WTA會爲所有菜鳥選手舉辦名爲「Rookie Hours」的講習會，除了教大家參賽從報名到簽到等等的基本流程、和媒體應對要注意的態度之外，也包含起了水泡要怎麼處置的基本護理課。那門課並不是聽聽講就結束了，還會現場實做，考核通過才能下課。

有一回在比賽期間發生了超過我知識範圍的狀況，我的腳趾起了「血泡」，而且位置是在趾甲底下！在Rookie Hours的實做考核裡，血泡和水泡的處理方式一樣，都是要用消毒過的針把血泡弄開，釋放血水和壓力，然後

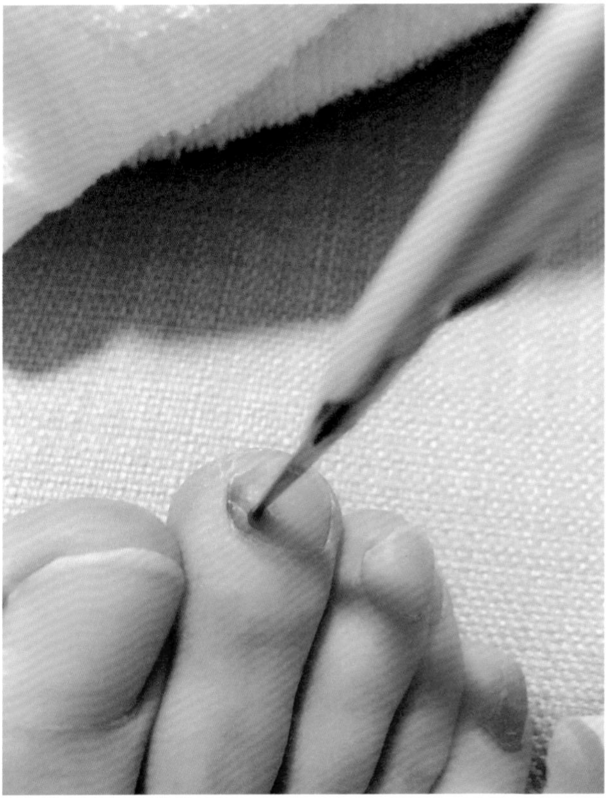

敷藥和包紮，有需要的話，還得加個墊圈做爲緩衝或保護。但這回血泡是在趾甲底下，難不成是要把針從腳趾頭插進去嗎?!

自己搞不定，就要懂得找人幫忙。我到了比賽主辦單位的治療室，本來還在想要怎麼用英文精準地描述這種「罕見」的情況，沒想到，我只是指著自己的腳趾讓防護員看，然後說了：「I got a blister, but it's under...」，防護員就給了我一個微笑，點了點頭表示他懂了，就一派輕鬆地離開。過不了多久，他端著一個在醫院常見的金屬盤子回來，上面盛著棉球、貼紮用的膠布、一些藥劑，這些都是我自己處理水泡時也會用的東西，但有一個陌生的器具抓住了我的眼光—那是一支比一般原子筆再長一點的金屬棒，頂端是一個看就知道很尖銳的鑽頭！

防護員似乎沒打算跟我說明他要怎麼做，直接扶著我坐好，把我的腳固定住，一句話都沒說就拿起了那支鑽子在我的趾甲上鑽！即使他的動作十分輕柔、緩慢，緊張的感覺仍向我強襲而來，我想著，如果他鑽過頭了怎麼辦?!愈想，愈害怕，想著想著，居然開始覺得「痛」！不自覺地把腳往後縮，但因爲被固定住了，哪裡也去不了，只好把腳趾頭蜷在一起，甚至低聲地慘叫！看到蜷曲的腳趾，防護員停下手，抬頭望著一直想要往後縮的我，帶著十分疑惑的表情問我：

「It hurts?」（會痛嗎？）

在反射式的要向他點頭表示會痛的瞬間，我發現，其實根本不會痛啊！小時候我最喜歡的自然課也有學過，趾甲上面沒有神經所以不會有感覺，再冷靜一想，他的動作很輕，在鑽頭鑽進我的腳趾之前，鑽頭會先穿破血泡，血水流出來的時候他再停手也來得及，不太可能會鑽到肉裡。

「Actually…No.」（其實……不會）

我調整了呼吸和坐姿，放鬆了蜷曲的腳趾，請他繼續專業的處置。沒過幾分鐘，他就開始把血水向外擠出來，用棉球和藥劑護理，以避免發炎或感染。不過，還眞的會痛！但不是因爲鑽洞，而是因爲把血水擠出之後，在趾甲和趾頭之間留下了空隙。

想想，其實整個過程就像小時候看最喜歡的自然知識節目一樣，只不過

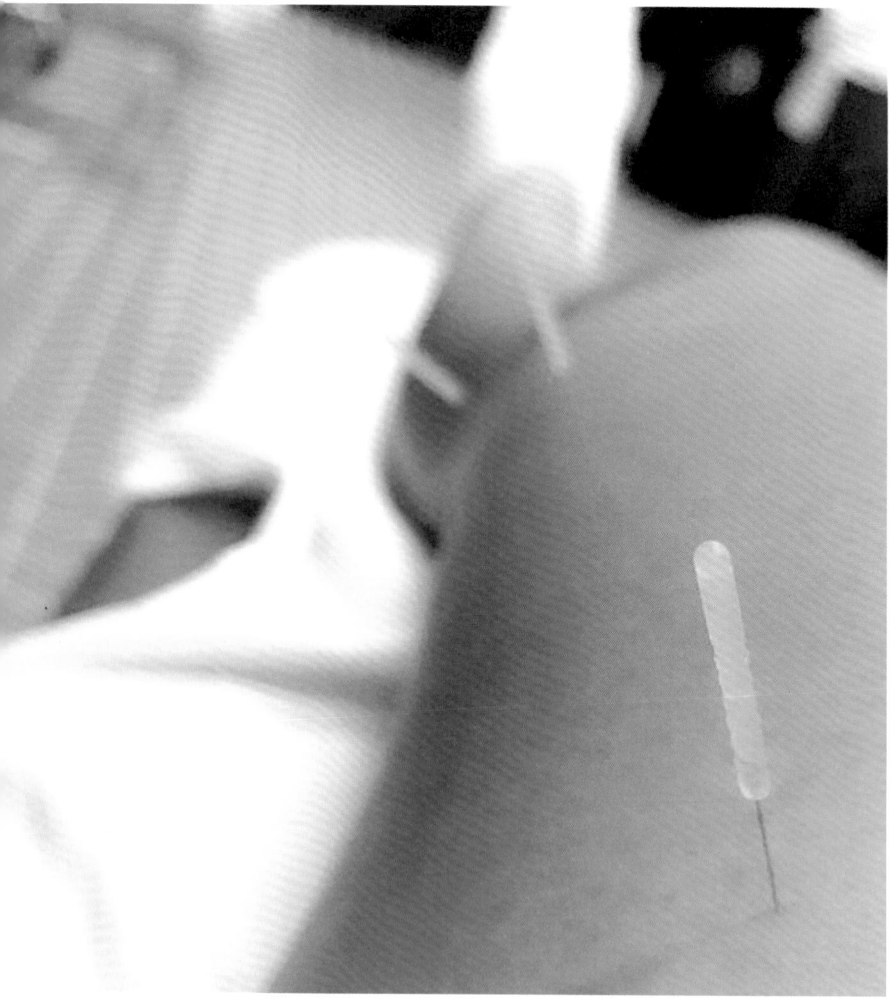

主角是我而已。在那次經驗之後，我就在球袋裡準備了一組類似的工具，有幾回遇到了類似的狀況，也就能自己搞定，看著血泡被鑽破，有點像國中的時候在自己擠青春痘——有一種紓壓、療癒的感覺。後來在聽到其他選手遇到類似狀況的時候，我就會很興奮地告訴她們該怎麼處理，看著她們聽到目瞪口呆的表情，我莫名的成就感也油然而生。

職業選手的日常眞的和一般的朋友不太一樣，我有些朋友在生日、紀念日、加薪或升職，或是以網球當平時養生運動的朋友，在參加業餘盃賽有好成績……等等的時候會用大吃大喝慶祝，這都是人之常情。但對我們來說，身體就是我們最重要的裝備，遠比有最新科技的球拍、球鞋還來得重要，所以連吃東西都得先爲著之後的賽程打算，因爲炸雞、可樂吃下去很開心，但第二天腳步就會重到提不起來甚至水腫，別說比賽，連訓練都難！

有一句老話是「若要人前顯貴，就得人後受罪。」打網球是我的最愛，爲了打好而受的嚴格訓練也不會讓我覺得受罪，但只有接受、甚至享受一些大多數人不能忍受的事，才有可能成爲不一樣的人。

自助旅行

我和幾位網球界的朋友經常開玩笑，如果未來退役了，除了當教練或電視的球評這類和網球相關工作之外，還可以做什麼？最多人的回答，也最多人有信心能做得很好，但也最跳 TONE 的，都是「旅行社」！

賽程表基本上就是我的行事曆，一年不過五十二週，我至少有三十週在比賽，也表示我至少有三十週在不同的國家間移動。從台灣出發，一、二月份在南半球的紐西蘭、澳洲；三月份在美國，四月底主要在歐洲，一方面適應氣候，也要從前三個月的硬地調整為適應紅土球場，迎接五月底的法國網球公開賽；法網一結束立刻轉往英國，備戰草地賽季和溫布頓公開賽；七、八月到北美，再讓自己適應氣溫、重新適應硬地球場，打當年度的最後一個大滿貫賽——美網，九月到十一月，回到亞洲參加比賽以爭取積分和排名，年底回台灣好好休息。有時還沒跨過新年，又開始一個新的賽季，所以轉職業選手這十多年來，我幾乎沒有在台灣過農曆新年和慶祝過自己及家人的生

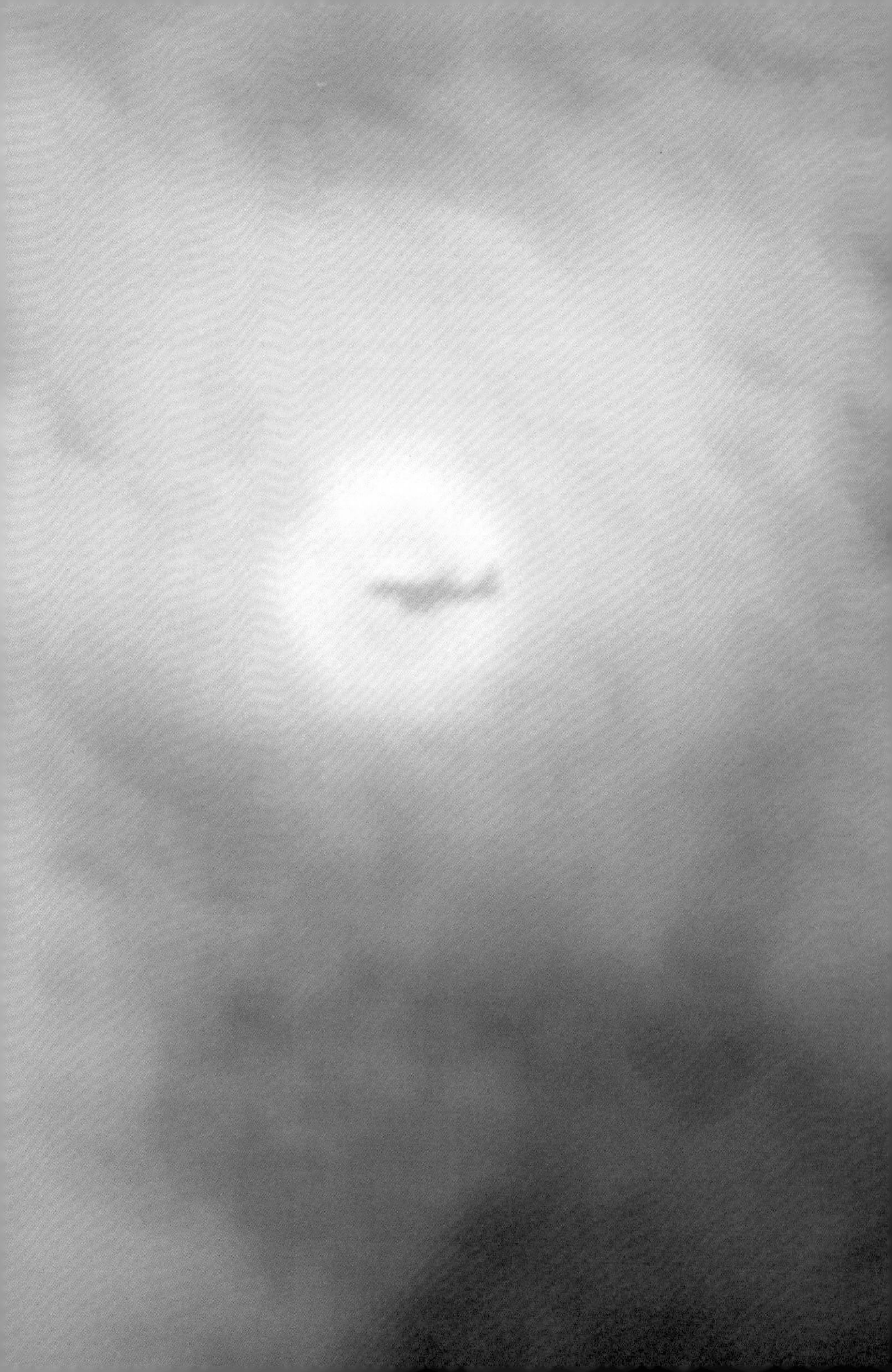

轉機轉到快瘋掉……

日，就連101的跨年煙火也才看過兩次而已。

職業網球選手的生活，好像很複雜，說穿了也很簡單。有時簡單到每天只有機場、旅館、球場，有時複雜到連自己在哪一個國家、城市、甚至自己的房號都記不起來。比賽的壓力時時伴著我們，今天打完了，明天又得趕飛機，有時拿了冠軍也不能慶祝，因爲下一站明天就開始了。

這也令我幾乎無時無刻都在對抗網球生涯最難纏的對手：時差。比賽期間，我從睡夢中醒來的第一件事就讓腦子恢復運轉、轉頭看看周遭的環境，是在旅館裡？還是在飛機上？拿起手機看一下行事曆，確定此時此刻我在哪個國家？然後再看一下當地時間，看看我的時差調過來了沒有？

好多人這樣問我有沒有調整時差的祕訣？其實沒有，受惠於大量的訓練，我們的身體或許比一般人強壯、健康，但仍然不是電影裡的那些力氣永遠用不完的超人。跟一般人沒有兩樣，面對時差唯一可以做的只有事前的準備，比如說：如果抵達目的地是白天，在飛機上我就會強迫自己多睡一些。如果是夜晚抵達，就會盡量讓自己在飛機上不要睡著，多看些電影、多看些書，總之就是讓頭腦忙一些，自然就沒那麼想睡。不過有時候還是會不小心睡著，突然驚醒還會怪自己怎麼那麼不小心，睡了那麼久……不過這樣下來，也讓自己無形中省了一天調時差的時間。

說實話，我並不喜歡飛行，每到一個地方，有每個地方的節奏，時區不同、氣候不同、場地不同、文化不同。沒想到還是這樣飛了二十年，也這樣調時差調了二十年。我們得以最快的速度調適，有時可能晚上只睡了三四個小時，早餐時間到還是得起床，讓自己的身體動一動，進入訓練、進入正常作息，強迫身體趕快適應，有時調著調著都覺得快忘了自己是誰，白天頭昏腦脹想睡覺，晚上神采奕奕好煩惱。

除了時差，經常性的國際移動有時也會讓我面對比打大滿貫冠軍戰還刺激的挑戰——趕飛機和火車。職業賽程的安排是相當綿密的，前一站的冠軍在週末剛剛在這個國家產生，下週一，新的一站就會在另一個國家開始，所以我常常比賽一結束就要狂奔去趕飛機或火車。有一次我和爸爸在歐洲比賽，就是一人拖著兩個大行李箱，我爸還幫我揹著球袋，兩人在車站裡爲了趕車狂奔！而且歐洲的火車不單長，艙等還分得很清楚，不像台灣的火車可以先上車再慢慢走到自己的位置。當我們好不容易跳上車的那一瞬間，門立刻就關了，車子開動。如果那班錯過了，後面的行程就會全亂了！

不像現在手機可以很方便地訂、改票，以前網路沒那麼發達，而且很多航班、車次的資訊還不見得是英文的，所以就算查到我也不一定看得懂，也因此常有這種驚險、狂奔的事。

我小時候的英文還不是很好，有一次爲了要改機票，找到一位加拿大的華裔選手幫我講英文，但那一趟是要去義大利，對方的口音很重，兩個人在公共電話亭花了快兩個小時才改成，這也讓我立志要學好英文。

隨著我的經驗累積，排名愈來愈靠前，也漸漸熟悉這種跨國移動行程的同時，有一個新的挑戰來到：WADA（World Anti-Doping Agency，世界反禁藥組織）的飛行檢查。只要是單打排名五十名內，以及雙打排名十名內的選手，都是有義務要接受飛行檢查的。

檢查的規定是一整年分季登錄每天你人會在哪裡，因此申報的時候離實際的日期還有幾個月，但提交時還不能寫像台北市那麼籠統的範圍，而是像你某一週有可能會在東京出賽，就要把預計入住的飯店地址填上，以便WADA的檢查員找到你，每天還要預留一小時讓檢查員可以執行工作。依規定，如果十二個月內檢查員撲空三次，就會被視爲違反禁藥規定而處以禁賽。

檢查是不會事前預告的，像小威廉斯（Serena Williams）就曾經以爲自己家門口有可疑男子徘徊而報警，後來才發現他是檢查員。但每場比賽的結果畢竟不可能事前預知，例如我現在在台北比賽，過程中沒能打到最後，像是今天下午打完輸了，爲了好好利用時間備戰，通常會今天晚上或第二天就改票提前移動到下一站的東京，但如果我忘了去更新兩三個月前登錄在系統的資料，把之後的住宿地點改成東京的某一個飯店，WADA就可能撲空。

一場比賽打完後其實還有很多場外的事情要忙——改機票、訂飯店、訂接送機的車、收行李、領獎金……一陣兵荒馬亂就有可能會漏掉。即使是飛機延誤，讓我原本設定的預留藥檢時間無法準時出現在飯店，我也得跟WADA更新。但這也不是有講了就算數，WADA還會去核對航班狀況，

而且各地之間是有時差的，也不是你現在網上丟個訊息出去，對方就一定收得到。我並不擔心檢查，只是萬一他們沒檢查到，公布說我違反禁藥規定，很多不明就裡的人就會有很多「特異」的想像情節，而且會越傳越離奇，因此精神壓力很大。

很多朋友即使常看網球也不見得會了解這些比賽之後的忙亂，甚至會懷疑這些國際級的賽事執行單位怎麼都沒有專人來協助我？因爲執行單位只負責某一站賽事，選手的移動就是自己要負責的，不過因爲一場賽事會打好幾天、場地很多、涉及到的選手、裁判、工作人員……非常多，繁瑣的事也多，偶爾就是會出些狀況。

有一次我在杜哈打完比賽拿到冠軍，第二天要去機場，所以就在賽後和負責車輛的工作人員預訂了送機服務，也確定好來飯店接我的時間。第二天在飯店卻左等右等都等不到車子，眼看著時間來不及了，想要找人幫忙，可是跑到大會服務櫃檯一看已是人去樓空！只好自己另外花錢叫車，幸好趕上登機。這類小插曲還蠻多的，像是我二〇一七年和辛吉絲在馬約卡拿到的冠軍盃，執行單位說會幫我寄回台灣，但到今天我都還沒收到！那一年的年終晚宴上本來要展示我們的九座獎盃，就這麼只能放八個。那個獎盃或許就像電影《航站情緣》（*The Terminal*）一樣，流落在哪個機場倉庫的不知名角落裡了吧！不過，這都是會遇到的挑戰，抱怨、緊張也沒什麼用處，想辦法解決問題就是了。

不否認，多年下來，有時候也會讓人累得想要消失，常常半夜醒來忘記自己在哪裡，還得想一下才知道昨天是從哪飛來的。日復一日，年復一年，幾乎每天醒來，不是準備比賽，就是要比賽。這樣的壓力有時眞的會讓人喘不過氣，有時比賽到了來不及調整，表現不好，除了自己懊惱，別人好像也不會理解我們面臨的狀況，多解釋又好像在找理由。但是因爲對於網球的熱愛，站在場上的那股滿足感、榮譽感，鼓舞著我繼續走下去，當然還有那些喜歡看我打球的朋友們，因爲你們的鼓勵，讓我繼續橫跨各國，沒有時差的迎接每一個挑戰。讓某些感覺失去自己的時刻，我還能在球場上找到奮戰的動力。

書不是輸

或許是因爲「書」和「輸」諧音的關係，我發現有很多選手不太喜歡看書。我倒是沒想這麼多，小時候就常看很多故事書，一直以來，閱讀是我很喜歡、很重要的休閒活動之一。不止是在比賽、訓練的空檔可以讓我轉移注意力，放鬆對勝負的追求和壓力，是出國比賽的長途班機上調整時差的好方法；閱讀，更在球場以外帶給我很大的幫助。

我一直很喜歡看戴晨志博士的書，除了他的文字不論在我狀況是高峰或低潮，一再給我許多清晰的提醒和溫暖的鼓勵，也因爲我很小的時候就開始讀他的著作。我看的第一本戴博士的書是當時媽媽買給我的《人際溝通高手》，那一年，我才小學三年級。

對一個小學三年級的小女生來說，生活當中會接觸到的書除了教科書，就是一些改編成適合兒童閱讀的文學作品，或是自然、科學……等類的課外書籍，而媽媽之所以要我讀這本書，除了當中有很多生活化的小故事，淺顯

易懂地說明人際溝通的關鍵技巧之外，主要是因爲當時班上有些同學們誤解我，讓我很早就必須面對人際關係這個功課。

因爲地震的關係，我們全家不得不搬離從小長大的台中東勢，畢竟家園的重建需要一段不短的時間，但生活還是得繼續；另一方面，也是爲了十歲就踏上網球之路的我，能獲得更多的訓練機會，不用再像以前剛開始打球那樣，每到假日就爸媽就得開著車子，利用週末那一天、半天的時間，在台中和北部之間來回奔波著，所以就轉學到了位於林口的麗園國小。

任何一個轉學生，到了人生地不熟的新環境都會需要時間適應，何況一個才十歲的小女生。離開東勢到了新的環境、周邊全是新的老師、新的同學、新的教練……都是一群本來不認識的人，再加上原本被當成才藝之一的網球，現在變成了我的「專業」，訓練的強度和頻率當然和以前不同，生活上許許多多的調整和改變接踵而來，自然和班上同學比較沒那麼親近。

小學每天下午是四點半放學，但我總是兩點，甚至中午吃完飯就得要收拾書包，揹上球袋前往球場，迎接一路到晚餐前的訓練課程。剛開始的時候，同學們對我的生活模式還有些好奇，會來問東問西，但對我這群小同學們來說，「打球＝去玩」是一個恆等式，於是就愈來愈多人質疑「爲什麼詹詠然可以提早放學去玩？」慢慢地，從幾個人心裡的質疑，演變成一群人的質問。

無論老師怎麼和同學們說明，也無論我怎麼向他們解釋，「打球＝去玩」在同學們的心中仍然是一個無法推翻的定理，在幾經溝通，同學們發覺我還是每到兩點就收拾書包「回家去」，無法得到他們「滿意」的答案和結果之後，那一群人的質問就成了對我的冷嘲熱諷：

「妳又要提早放學去玩囉?!」

每每聽到這種話，感覺總是不舒服，常常在心裡吶喊著：「你以爲我去玩啊?!我訓練是很累的！你們放學之後還可以去學個才藝，不然就回家看卡通，我要一路練到晚餐前，吃完飯還要趕快把功課寫完才能洗澡、睡覺。明天你們可能都還沒起床，我已經開始訓練了！週末你們可以出去玩，或是在家裡看一整天的電視，我得到處去比賽，在大太陽底下跟其他小朋友對打……」

因爲讀了戴博士的《人際溝通高手》，裡面有一句「笑口常開，到處都吃得開」，加上媽媽一直有提醒我，同學們之所以會這樣說，是因爲他們不瞭解妳的生活，不要跟他們發脾氣，所以即使聽到同學的冷嘲熱諷心裡會不高興，即使內心有那樣的吶喊，雖然當時年紀還小，沒辦法很成熟地進行表情管理，難免綳著個臉，但至少嘴上會忍住，不至於和同學吵起來。

除了媽媽會一直送我戴博士的書之外，爸爸也會默默地鼓勵我看書。剛開始訓練的時候，家裡經濟比較困難，所以幾乎沒有零用錢，但只要我買書，就可以和爸爸報帳，不算是零用錢的花費。爸媽鼓勵我閱讀，但不會限制我看什麼書。小時候，《哈利波特》也是我很愛看的系列小說，記得第五集出版那時候，我正好要到國外比賽，就在機場買了帶出去。比賽的那一個禮拜，除了比賽、訓練之外，一空下來就抱著上、下兩冊，將近一千頁的《鳳凰會的密令》看個不停，一邊看，一邊也暫時放下球場上的緊張和疲憊了。

閱讀除了能轉移焦點，我發現還有一個很大的好處，是能讓我的表達能力更豐富。網球的路上，我常常要和人說話，賽後發表感言、接受各種不同媒體的訪問、甚至是和比賽的裁判、工作人員，以及飯店、機場……許多的人接觸，不只是英文能力，如果連用中文都沒有辦法很清楚、有邏輯地表達，很多事都會沒辦法做，也找不到人幫忙。

此外，我也是丹·布朗（Dan Brown）的書迷，像是《達文西密碼》、《天使與魔鬼》等等。原本朋友推薦我看的時候，翻了前面幾頁會覺得：「這在寫什麼？感覺東一個、西一個，好多場景跳來跳去不連貫。」本來差點就放棄了，沒想到，愈看到後面愈發現，原來這些看起來散亂的故事，漸漸都收攏在一起，彼此有著千絲萬縷的關聯，隨著情節的推移，事件、真相一點一點地浮現，不到最後一頁，很難猜透整個結局。尤其是丹·布朗的文字對細節的描寫很詳實，光是他在《達文西密碼》的序言裡，描述他在十歲的時候看到一個掛在聖誕節上的密碼，那是由他父母所編寫，預告在幾小時後要全家出發的驚喜之旅，這段文字就能讓我很強烈地感受到他對密碼的熱愛！

國際知名舞蹈家許芳宜所寫的《我心我行》更是我很愛的一本書，裡面寫到了很多她一個人在美國爭取工作，不斷地在各個舞團之間面試，從期待，到失望到最終被錄取的心情變換，以及曾經在一度缺乏自信的時候，得到大師給她永難忘懷的鼓勵：「如果妳要費這麼大的力氣找明星們來眾星拱月，爲何不把自己變成會發光的太陽，讓星星們向妳靠近，讓星星們想藉妳的光來發亮？」一件件生活事件帶給她的心情起伏，都讓我深深地被吸引，心有同感，甚至聯想到自己在國外比賽那種想家的心情，因而熱淚盈眶。

我很希望，我每一次的表達，不論是文字或是語言，都能像丹・布朗的小說那樣，有著深厚的基礎和結構，對細節的深入觀察和描寫，以及像許芳宜那樣，對自己和旁人的情緒有敏銳的感受，而且能清晰地表達我不論在場上、場下所學習到、領悟到的一切。

試想一個畫面，當你拼戰數小時終於拿下大賽冠軍，這時候球場上的主持人把麥克風交到你手上，數十位攝影、文字記者在你面前，等著你講出賽後感言，畫面還會立刻對全球直播，你如何能在很短的時間把自己表達清楚？

我一直認爲運動員的價值是建立在他的經歷上，世人確實會因爲你的優異成績而更注意你，但在被注意的同時，能夠清楚表達自己的經歷和內心想法是很重要的。很多人對運動員的刻板印象是頭腦簡單四肢發達，如果有機會站上台，成爲鎂光燈的焦點，就不能還是讓人有這樣的感覺。我不只想成爲一個優秀的運動員，我更想成爲一個有影響力的運動員。

我不想被當成「一個運動員而已」，我希望自己做什麼要像什麼，站上講台分享，就要能有自己的故事；接受採訪，就要能展現符合專訪內容的氣質；出席有小朋友的公益活動，就要有大姊姊、甚至媽媽的樣子，做什麼都要有清晰的畫面，知道自己正在幹什麼，講出合宜的話。因爲打球不是生命的全部，就算在網球生涯畫上句號時光榮退役，可是之後還有好長一段的人生啊！總不能退役了就在家耍廢吧！學習些別的，或延伸原有的專業都好，但如果沒有爲下個階段做預備，會浪費很多時間，少了很多可能性，很可惜。

路還很長，但我知道，這是我要努力的。很多時候，我會有自己看不見的盲點，但藉由別人的故事，可以借人之智修善自己，所以除了爲比賽的準備，我不會放下閱讀。

TIME
EINSTEIN
DOUBT
CALCULUS

▽ 旅程·伙伴

晚飯後，我坐在餐桌前讀著一本書，媽媽走過來坐下，打開手機聯絡事情。

我一下子恍神。

這個場景讓我想起小時候，不管再怎麼忙碌，媽媽都會撥出時間看我做功課，會有一段時間，我們各自做事，但心卻是在一起的。

這條旅程，也有好多人，我們各自做事，但心卻是在一起的。

我的伙伴們。

爸爸還是教練

「任何會使她們分心的事物，我都會去除。」當《我和我的冠軍女兒》中，飾演爸爸的知名印度演員阿米爾・罕（Aamir Khan）帶著堅決的表情講出這句台詞時，我努力地不讓心裡激動的情緒影響到滿座的其他觀眾。那天，我是哭著看完這部電影的，甚至在散場之後，還花了一段不短的時間平復心情，才能開始緊接著的訓練課程。

身爲一個女性運動員，再加上我的父親從啓蒙到現在都還是身兼我的教練，這部電影給我內心滿滿的共鳴，而我相信主角的故事肯定比電影中呈現的更加豐富、糾結、痛苦、美好及榮耀。在電影播放的同時，我的腦海也一幕幕的呈現最眞實、最貼近，而且屬於我自己運動生涯，甚至我的人生。

小時候，因爲爸媽都愛打網球，也自然而然經常被帶到球場，也開始玩起網球。或許是優良的基因遺傳，也可能是自小的耳濡目染，我不止玩出興趣，也玩得很好，漸漸的，網球就成了和鋼琴、繪畫、游泳並列的多項興趣和才藝之一。

那時每個禮拜大概有三、四天會到球場，上場打球自然是要等大人打完才能輪到的事，所以都會先在旁邊對牆壁練：正反拍截擊各兩百下、正反拍半截擊各兩百下、正拍和反拍抽球各兩百下，再打一百下高壓球，這樣的基本功完了才能上球場，一方面是暖身，一方面也是等球場空出來。每次到球場也就是一、兩個小時的事，相較於後來的訓練，只能算是玩球。

八歲那年，我拿下了中部五縣市十二歲以下和十四歲以下的雙料冠軍。小時候雖然畫畫也常拿獎，但都是把作品交出去了，隔一陣子才會通知得獎了。網球卻是要一球一球、一場一場，紮紮實實地和看得到的對手拼搏。舉起獎盃的那一刻，我看得見每一位參賽小選手被太陽曬紅的臉龐、我聞得到空氣中彌漫的飽和與潮濕、嚐得到自己臉上汗水的鹹味，我發現網球帶給我的樂趣更踏實，我感覺網球不再只是一項我玩得不錯的才藝而已。

那一刻，對網球看法改變的人不止是我，還有我爸爸。年輕時也曾經是高中校隊的一員，雖然沒有在網壇繼續發展，但在經營自家連鎖超市的同時，他依然在網球俱樂部保持著運動的習慣。他曾經和才八歲的我說：

「妳知道，如果在四大公開賽拿到冠軍的話，有多少獎金嗎？」

「不知道吔？（其實即使打了這麼多年球，我到現在還是對自己的獎金和積分沒什麼概念，只知道如果能一直贏，我

就不需要一直煩惱這兩件事）」

「可以買十間我們家的超市哦！」

我望著家門外面，車水馬龍的東蘭路，想像著旁邊有一大排的自家超市，不自覺地「哇！」了一聲。對一個心裡一直想要趕快長大的小女孩而言，能夠擁有一大排的超市，絕對一項偉大的成就！「就算我沒能拿到冠軍，應該也能買五間吧？這樣還是比我爸媽厲害了。」我當時天眞地想著。

爸爸問我：「妳想要當職業選手嗎？」網球，我打得很好，可以拿冠軍；訓練，一個禮拜三、四天，每次不到二小時，我扛得住；四大公開賽的冠軍獎金，可以買十間我們家的超市，太棒了！就在這麼「周全」的思考後，我很鄭重的跟爸爸說：「我要當職業選手！」爸爸在聽完之後，露出了欣慰的笑容，然後講了一句我聽了不太懂的話：「如果妳決定要當職業選手，我就不會把妳當孩子看。」

很多變化來得比龍捲風還快！爸爸帶我做的第一件事，就是去把我及肩的長髮剪掉！髮型師很貼心地把第一刀剪下的頭髮留給我做紀念，但第二天一到學校，同學們看著我的「新造型」，開玩笑地說我是哪裡新來的男同學？到了出去比賽，看到其他認識的小女生依然綁著可愛的小馬尾，那縷本來好好保存的長髮帶給我的不是紀念，而是難過，於是沒過幾天就丟掉了。

原本一週三、四次，每次不到兩小時的練球時間，變成了幾乎週一到週五從晚上六點練到九點才能回家吃飯，週末如果沒有出去比賽，訓練更是從上午就開始！只要踏進球場，我只能稱呼爸爸為「教練」，練習的科目和分量一直上升，「教練」對我的失誤都是不假詞色的嚴厲批評，而且為了讓我徹底擺脫小朋友的思維邏輯，不但禁止我看卡通，甚至連在球場上走路的步伐和姿勢都被嚴格要求，不能像小朋友一樣蹦蹦跳跳！但在如此高強度的訓練下，我還有一個仍然很重視功課的媽媽！真是時時刻刻都不能放鬆！

看卡通得偷偷摸摸，被抓到免不了受到處罰；放學後和同學嘻嘻哈哈一路走回家的時光再也不復見；全身痠痛、手腳長繭、起水泡。我也想過得像個美麗、可愛的女孩，也想不要曬太陽，皮膚白白的該多好？練球這麼累，該做的功課，該讀的書也沒少過。我也曾經抱怨為什麼要這麼辛苦？但「想當職業選手」這話是我自己說的，加上如果輕巧地放棄了，我可能再也見不到因爲打球、比賽而認識的其他小朋友，想想，又繼續堅持下去。

教練還有一句常掛在嘴上的話：「合理的叫訓練，不合理的叫磨練」。像是他送球給我打，只要有連續失誤，或發現我不專心，快速直球就會朝身上飛來提醒我！幾近軍事化的訓練卻也帶來優異的成績，一直到國中之前，我從來沒有輸給同年齡的男生或女生。

在教練發現我很難找到對手之後，他又把訓練升級了！在俱樂部裡，他的水準可說是數一數二，只有開照相館的「老林」伯伯能和他抗衡，兩人經常趁正中午球場沒什麼人的時候，打個三、五盤單打。於是教練開始要我和老林對打。

老林的球路很怪，常會亂切、亂旋，球路很不固定，不管打什麼球給他，都像化骨綿掌一樣被化掉，完全借不到力，可是我打不贏又會被教練罵！即使我們搬到北部，有時候回東勢，教練還會說：「走，我們去找老林。」那時候我內心就會吶喊：「可以不要嗎？沒有一個女生像他那樣打球！」

直到我因爲成長發育開始有爆發力，球速愈來愈快，老林才漸漸打不贏我。現在想想這是一個磨練，跟這種選手打你要很耐得住性子，自己不能先崩潰，也因爲這個我很不喜歡的對手，日後遇到球路比較怪異的對手也不太是問題。和老林對打練就的耐性，讓我在場上能死咬著對手不放，後來我還因此被媒體稱爲「打不死的詹詠然」！現在回想起來，很高興能有老林伯伯這樣的對手，雖然當時一點都不享受。

強震過後，媽媽和教練很愼重地問我是不是眞的要繼續打網球？這條路從此變成我要堅定前行的旅程，我們約定要在三年內打出成績，轉進職業，於是全家人幾乎可說是賭上一切，也因此，訓練的強度和壓力幾乎每天都會提升！

我們家震垮了，教練和媽媽好不容易買到貨櫃屋，讓我們有遮風擋雨的地方；俱樂部的球場裂開了，在簡單的修補之後，每晚六點到九點的訓練，又繼續在凹凸不平的場地上展開。生活的壓力和對前途的茫然，令教練對我的態度一天比一天嚴厲！即使練完球回到貨櫃屋，一邊吃著有些涼掉的晚餐，他還會一邊訓斥著我當天在球場上的缺點，用詞常會激烈到我承受不了，只能默默任由熱淚流進碗裡。

當時因爲場地條件實在太差，有些裂縫甚至大到我的腳會卡進去！從我八歲起也加入指導的林民俊教練就每天開車接送我到市區練習。林教練的風格和我爸截然不同，走以鼓勵爲主的溫暖路線，還經常教我一些至理名言，像是「吃小虧占大便宜，想要占小便宜就會吃大虧」，提醒我練球的時候多辛苦一點，比賽就會輕鬆，但如果練球想偷懶，比賽你就會完蛋。因爲林教練的幫助，讓我爸爸能夠需要全心處理重建工作的時候，不至於中斷我的訓練，也讓我在爸爸的軍事化教練之下，得到喘息的空間。

在上台北後，訓練以及不停的飛行參賽從沒停過，我永遠記得在我十三歲的第一趟國際青少年巡迴賽就長達五週，地點在印度及孟加拉，而在短短五週內，有兩週我因爲水土不服，發燒、上吐下瀉躺在床上兩週（我絕對不是個案，所有年輕選手都曾經歷這一段），但只要一能夠下床，就是被教練帶回到網球場上。

從我想當職業選手的那一天起，其實周邊就有不少人不看好這件事。以當時的運動風氣，職業運動員的出路的確很有限，教練的嚴格也讓俱樂部的球友們忍不住問他：「你對詠然那麼兇幹嘛？她以後不可能當上職業選手的，就算當上了，又能如何？」當時和我們同住在貨櫃屋的奶爸、奶媽，也常常看著教練在餐桌上責罵我，但畢竟不是眞正的親人，不好出言阻止，只能事後來安慰我。

這些是我後來才知道的，因爲很多人都以爲我是被教練擺布的，殊不知這也是我自己的選擇。不否認，有時候也會自己覺得很可憐，一旦輸球回旅館就是被責罵，有一陣子即使我已經拿了很多冠軍，還是會覺得我輸球就沒價值。可是正因爲教練對我嚴格，所以我進步會比較快，去比賽又比較容易得冠軍，就印證教練和媽媽的教育方式是對的！因此當我去比賽拿了好成績，心裡會有一種驕傲，可是這個驕傲不是因爲我贏了，而是「我扛得住他們的教育方式和要求」。

「獎牌不是長在樹上，並不會自己掉下來，而是要用愛、努力、熱情自己爭取而來。」，這句在《我和我的冠軍女兒》一片中的台詞，我想是所有運動員，甚至是在追求自己夢想、目標的人都能認同的一句話，然而一旦心有旁騖或有其他的選擇，肯定無法把一件事做到精、做到好，只有專心一致，甚至處在絕境之中，才能百分之百的投入。

「任何會使她們分心的事物，我都會去除。」當阿米爾・罕（Aamir Khan）帶著堅決的表情講出這句台詞

時，我回想到了髮型師剪下的那縷頭髮、想到了我只能偷偷看的飛天小女警卡通、我也想到了朝我身上飛來的快速直球、我想到了身上的痠痛、手腳上的厚繭和水泡、我想到了每一句嚴厲的責罵……。

現在想，如果是我自己的小孩，有足夠的才華、也願意投入全副身心去追尋理想，但在當時經濟如此拮据，我有這個勇氣把未來放在自己的孩子身上嗎？我完全不能確定，所以我很感謝上帝賜給我這麼有勇氣的「教練」爸爸和媽媽，在我不懂事的時候就爲我對抗、抵擋這麼多來自外界的壓力，也感謝他們在還不明白的時候，就把未來人生賭在我的身上。

媽媽，我的神隊友

很多朋友都知道爸爸是我的網球啓蒙教練，而媽媽是我的經紀人，也因爲他們兩人努力和幫助，讓我和皓晴在職業網壇有不錯的成績。其實，他們不止在球場上給我和妹妹協助，在成長的路上，有著他們的教導和關心，才一點一滴地奠定我們穩固的基礎。

媽媽，是我的經紀人，但我更想用「神隊友」來形容她。我媽從我小時候就一直灌輸我一些觀念，或是一些很特別的要求。畢竟從小聽到大，並不覺得有什麼異於常人的地方，直到我長大，開始跟一些不同領域、經驗、觀念的人接觸，才發現我媽媽的「神奇」之處。

「詠然，上課的時候，老師如果問問題或叫你們發表意見，妳一定要在前五個人舉手。」

她這句叮嚀從我幼稚園就開始一直講，其實當時很小，也就這麼乖乖聽話照做，後來漸漸發現一件事，我要在班上前五個人舉手還蠻容易的，因爲

老師叫同學發表意見，或是起來回答問題，大部分班上同學都不會舉手！這點也讓我蠻驚訝的，畢竟媽媽叫我要搶前五個人舉手，本來以爲是全班同學都會很踴躍，沒想到會舉手的人這麼少！

當然，一旦要舉手回答問題就有答錯的可能，更何況要搶快，難免有沒想清楚的時候，但媽媽也告訴我不要害怕犯錯，正因爲不會才要學，如果回答錯了，就表示妳不會，讓老師來糾正妳就好，學過了就記住，以後不要再錯。我也有問過她，既然回答錯了讓老師糾正就好，那爲什麼要搶那麼前面舉手？

我媽說：「前幾個人回答錯了表示班上還有人不會，老師會好好仔細講。如果已經聽過幾個同學講，又不肯主動舉手，到時候被點名回答，如果還講錯，老師大概也不會好聲好氣講給妳聽了。踴躍舉手會讓老師願意多花時間教妳，全班同學花一樣的時間、學同樣的東西，爲什麼不好好借助老師的幫忙？」

有些當時被旁人看爲莫名其妙的想法，後來的結果都證明是「神助攻」。

小學的時候，我雖然課餘時間裡繪畫、鋼琴、游泳……等等的才藝課和網球占滿，去參加比賽也都有不錯的成績，甚至游泳隊的教練還多次遊說我媽，要招我進游泳隊。

即使課外活動這麼豐富，學業成績依然相當不錯，幾乎年年都是模範生。有一年老師鼓勵我去參加跳級考試，雖然一般家長都會很期待孩子能夠跳級，甚至爲此請家教補習，但我媽卻遲遲不肯。在老師費盡脣舌，甚至直接幫我報名之後，媽媽終於答應帶我去考試——但，也只是去參加考試！她和老師表明：「就算詠然通過考試，我也不會讓她跳級的！」很多年後在一次她和一位講師的對話裡，我聽到了她之所以不肯讓我跳級的原因：

「我不希望我的小孩太乖，太乖了就不會勇敢地爭取第一，但也要讓她一步一腳印，經歷該經歷的事。」

從很多小時候的事來看，其實我媽可以算是個「虎媽」！對課業、對生

活上很多習慣都有要求，在當年的教育觀念下，我也常挨罵和被打手心，直到我爸成了我的「教練」，原本帶著孩子開心、輕鬆玩球的爸爸變成了網球場上的「虎爸」，我媽媽就相應自動調整了教育方式，不過她對課業的要求並沒有因此而放鬆。

強震之前，爸媽在東勢經營連鎖生鮮超市，雖然賣場依現在的標準並不算大，但打理生意還是夠忙碌的，即使如此，媽媽始終堅持即使在營業時間內也要抽兩個小時來親自教我功課，就算媽媽並不是教育背景出身，在那個全面統一教材的年代，也至少在小時候曾經讀過多年來沒太大改變的小學課文，每一年的暑假，媽媽會帶著我把下一個學期的課本全部讀過一遍，也讓我在課餘都在學習各項才藝的同時，仍然能保持成績水準。

這種超前部署的課業準備當然對成績有一定的幫助，但要說能夠學得紮實，讓我升上國一之開學，複習小學六年級的考試還能排到全班第五名的原因，我想主要是我媽良好的「記憶力」，還有對「錯誤」的獨到見解。

每一個學期當中都會有一些大小考試，一回家，媽媽總是會仔細地檢查我的考卷上那些答錯的部分，如果錯的部分不是她曾經教過我的內容，她會帶著我弄懂、學會；要是錯在她曾經教過我的地方——她良好的記憶力在此就發揮功能了，我就會被責備。這也讓我深刻地瞭解犯錯並不可怕，但如果學過了還錯，表示不專心，也表示對不起別人爲我付出的時間。

因著對錯誤的獨到見解、因著不希望我「太乖」、因著希望我能踏實地經歷該經歷的，所以媽媽從小就不停跟我說「妳很特別」，要學什麼都「妳一定做得到」的這些話，就不是虛無的、只依賴精神論的空泛迷湯，而是可以在現實生活中逐一印證的話，也讓我覺得自己只要願意，肯定可以克服一切困難，也只有如此，才會努力爲難題尋找解決的辦法。

但對一個小學女生來說，所謂的「克服一切困難」仍然有其限度，而此時媽媽又會再度發揮神隊友功能，幫我扛住很多問題。八歲那年，我想要成爲職業網球選手，媽媽也十分支持和看重這個夢想，但在被剪去長髮、訓練分量愈來愈重的同時，四周的質疑聲浪愈來愈強烈！當時的老師是全東勢教資優生出了名的老師，在我媽跟他說要讓我當職業選手的時候就質問我媽：

媽媽在國外也能煮出家鄉味

「你女兒不是不會讀書吔？你爲什麼要讓他去當職業選手？你怎麼那麼笨？她可以靠讀書走出一條路的，當職業選手是沒有出路的！」

九二一大地震之後，爲了持續網球訓練我們全家北上，我轉進了林口的麗園國小。在我提早下課去練球而被同學質疑去玩，使得人際關係不佳時，媽媽給了我一本戴晨志博士寫的《人際溝通高手》，要我學習藉由當中一篇篇的故事，去學習如何與同學相處的技巧和方式；同一時間，她去找我的班導師詳細瞭解情況，發現關鍵在於其他小朋友放學前都要打掃教室或公共區域，但我因爲訓練提早離開而無法跟大家一起打掃，令其他小朋友感到不公。於是媽媽就和班導師提議，把導師辦公桌、黑板和講臺周圍劃爲我的「專屬責任區」，打掃完才能去練球，班上小朋友的不滿情緒和質疑也就漸漸平息。

另一個小女生無法克服的困難，是錢！十歲那年，更堅定地要走網球的道路，但這條路上訓練要錢、去參加比賽要錢，還有，全家人生活更是要錢！但青少年的賽事打得再好也沒有獎金可拿，多數主辦單位也只會招待選手本人在比賽當中的食、宿，隨行的教練是不包括在內的，而且一旦打輸，第二天起就得自己付旅館和用餐的費用，更何況去國外參賽拿積分，飛機票是一筆不小的開銷！爸爸當時都陪著我在到處比賽，媽媽則是留在台灣，一方面爲了賺錢，也爲了有時間照顧當時還小的皓晴，於是做起了本來不熟悉的服裝批發生意；到我轉職業選手之後，爲了爭取贊助，在那個電腦設備不像現在這麼普及、易用的年代，去學習怎麼使用電腦，編寫企劃書之外，還製作了一支包含從我出生一直到轉職業選手之前的成長和各項比賽得獎紀錄的影片，希望能節省工作繁忙企業主閱讀文字企劃書的時間，提高獲得贊助的可能性。

即使現在，我們的生活和成績已經漸趨穩定，她仍然持續地發揮「神助攻」，像是每到大滿貫賽季，因住宿距離和經費上的考量，我們會在球場附近短期租房，只要是有廚房的，我媽就會展現廚藝，像是在濕冷的法國巴黎，她居然有辦法煮出地道台灣味的麻油雞給我們驅寒，或是用家鄉味烹調只有在歐美才能買到的牛尾。這些美食不止讓我塡飽肚子，更成爲我四處在各國比賽時，一股能讓心定下來的力量。

我覺得，當我站在球場上面對來自各個不同國家的優秀選手時，媽媽在後面爲了能夠支持我比賽、支持全家人的生活，她所面對的挑戰和壓力其實比我還大！但她從來沒有在我面前表現出負面的情緒，說什麼抱怨的話，反而是當我在球場上表現不好，或是遇到什麼挫折而沮喪、不開心的時候，她會安慰和開導我，給我打氣和鼓勵，讓我能迎接下一個挑戰。

媽媽總說我很特別，而她教給我的觀念和大部分人相比也眞的很特別，大部分家長都希望孩子完全聽話照做、千萬不要犯錯，她卻希望我不要「太乖」，這樣才敢去爭第一，她不怕我犯錯，但是已錯過一次就不可以再錯；她給我的並非風雨不侵的保護，因爲她要我好好經歷該經歷的，但她也沒有撒手不管，而是在讓我親身經歷的同時，承受資優班老師的質問、解決我無法一起打掃讓小同學們感到的不公……扛住那些超過我能力所及的問題。

八歲那年我想成爲職業網球選手，爲了能讓我心無旁騖，不要花太多時間洗頭，我爸爸要我把長頭髮剪掉。媽媽特地找了一位髮型師來幫我剪，還帶著我去買了打網球穿的百褶裙和連身裙，就是不肯讓我像其他小朋友一樣，穿著寬鬆的 T-SHIRT 和短褲上場比賽，她跟我說：「頭髮剪短不代表妳就可以穿得像小男生一樣，妳以後要成爲職業女子網球選手，做什麼就要像什麼。」

直到現在，媽媽在我心中仍然扮演著非常重要的角色，尤其在我遇到瓶頸或面臨外在壓力的時候，她總爲我點亮一盞明燈，使我看見清楚的方向，也讓我學習到，適時換個不一樣的角度，可以更坦然地看待失敗甚至傷害。

不止是媽媽，不止是經紀人，更是我在場外和心靈給我強大支持的神隊友。

TISCALI
ROLEX
FedE
ROMA

不是我妹妹

二〇一二年十一月，台北，海碩盃女子網球賽。

「我的名字叫詹皓晴，是詹詠然的妹妹！」這是她在和茉蘭登諾維奇（Kristina Mladenovic）搭檔拿下女雙冠軍之後，在賽後記者會現場對媒體講的話，她接著說：「以前大家都只會叫我詹詠然的妹妹，這也是正常的，因爲她（姊姊）太紅了！昨天和今天都有電視轉播，相信大家都能認識我。」

我對網球很執著，但如果是對網球的渴望，我比不上皓晴。因爲我是在耳濡目染下接觸網球，爸媽和我一起決定踏上職業之路，但爸媽原本沒打算讓皓晴打網球，她今天在的網球場上的成績，可說是她自己想盡辦法爭取來的。

皓晴，小我四歲的妹妹，當我五、六歲開始學著對牆壁打球的時候，她還是個剛會走沒多久的小小孩，在場邊追著得用兩手才能抓牢的球玩。隨著時間過去，她對網球的興趣愈來愈明顯，在我八歲開始接受嚴格訓練的同

'97 7 4

時，即使爸媽因爲深知成爲職業選手的路很艱難，不想讓皓晴也像我一樣辛苦，有意不讓她走上這條路，但皓晴總是一再地想辦法站上球場。

以前都得等到「山城俱樂部」的叔叔、伯伯、阿姨們都打得過癮了、累了，爸爸和我才能在空出來的球場練習，這時皓晴總會拖著那支快跟她一樣高的兒童球拍，站到每一位坐在場邊休息的大人面前，不管她認識還是不認識，都用著稚嫩的聲音問：「請問你能陪我打球嗎？」

有一次我和爸爸練習告一個段落，在喝水的時候卻發現本來在場邊的皓晴不見了！找了一圈，看到她在大樹底下正在和一位伯伯下棋。我爸本以爲是小女孩對網球的興趣過去了，沒想到皓晴說：「伯伯說，我如果下棋贏了，他就要陪我打球。」我爸說，那一刻他清楚意識到，他沒辦法擋住皓晴走上網球的路了！

皓晴小時候也是很有天分的孩子，她六歲同樣拿下越級賽事獎座的成績。但因爲命運的震撼，當我們全家一起走在網球的道路上時，後來參賽有了贏球的壓力，爲了爭取成績，那時眞的就是「帶著她」比賽，跟她講「就守好那條線就好！其他我來打」。我爸或我甚至會要她在關鍵分的時候讓開，讓我來處理，不要自己逞強！

第一次在正式比賽和皓晴搭配是在台灣打十四歲以下的賽事，那時我十三歲，她才九歲。有一場因爲賽程的關係，打到非常晚，但對當時還在讀小學的皓晴來說，這場對手以國中生居多，體力負擔很大，又已經到了皓晴平常睡覺的時間，那時候她站在場上根本眼睛都快睜不開了！就叫她守雙打邊線和單打邊線中間那一條「水溝」。

其實就像很多一家人一起開店或工作的狀況，以前我和她還蠻容易在場上吵架的，畢竟她打不好，我就會打得比較辛苦。一上場，我還當自己是姊姊而不把她當搭檔，常會唸她：「就只要發球妳還發不進?!」配了幾次之後，越講越急躁，但卻忘了靜下心來看她已經漸漸成熟的心智和球技。

二〇一三年，皓晴和胡珀搭檔（Liezel Huber。對，就是二〇〇七年在澳網擋住我和莊佳容拿冠軍的那位！），在中國公開賽遇上當時的球后威廉絲姊妹（Venus and Serena Williams）。皓晴完全不怕威廉絲姊妹剛猛的速球，不斷發揮出人意料的截擊，打得小威廉絲（Serena Williams）煩躁到把一記高壓致勝球直接凌空擊中皓晴的大腿，打出一顆想要嚇退她的「黑青」！但皓晴卻在網前越愈搶愈兇！那場比賽，她和胡珀把比賽熬到第三盤，最後以11-9拿下！讓平常都是快速壓制取勝的小威廉絲惱怒到當場摔拍。那時我在觀眾席上高興地想著：「我妹妹長大了！」

二〇一五年，我和皓晴因爲一場比賽看到了彼此合作的盲點。這場美網前的系列賽，我們很順利地進入八強，當天兩人的狀況很不錯，第一盤很輕鬆地以6-1拿下，第二盤開局打到了3-0，本想著應該可以直落二過關，但打著打著，變成有點各打各的，最後莫名其妙輸掉！即使還帶著對彼此的怨氣，但爲了接下來的賽程，我們明白這狀況非改善不可！因爲勝利才是我們在球場上的目標，至於對彼此的不滿，可以之後再講。

隔天就立刻安排特訓，互相擔任教練，爲對方送球，並且逐一檢討先前的缺點和改正的方式，還事先約好：在聽對方指導的時候，不可以生氣！就在凝重，甚至像是隨時都可能會爆炸的氣氛下，我們兩個人忍著把球練完。

MELBOURNE
yce Lau

EST
Christy

下一站在多倫多，雖然在八強遇到當時分占女雙世界第一和第二的米爾扎（Sania Mirza）和辛吉絲（Martina Hingis）而止步，但比賽內容讓我們明白，那次特訓明顯發揮功效。接著到了辛辛那堤（Cincinnati），這在美網之前最重要的一場比賽，我和皓晴在八強遇到了二〇一二年法網女雙冠軍爾拉妮（Sara Errani）和她的搭檔潘妮塔（Flavia Pennetta），第三盤纏鬥到19-17，當中救回了四個賽末點！賽後的場上訪問，主持人還用了「Epic」（史詩級）來形容這場比賽。我和皓晴投入全部心力，打出了一場不止觀眾，連自己都覺得十分精彩的對戰。四強贏過了米爾扎和辛吉絲，最終拿下冠軍！

那一年，我們只花了一個硬地賽季就獲得了年終賽的資格，也開始令許多教練、選手注意到我們這對組合。我想，那次練球眞的是關鍵，讓我知道不見得兩個很優秀的選手一起擺上場，就一定能打得好，而能夠彼此忍住、不發脾氣，相互直指各自的弱點眞的很困難，若不是姊妹，有時也眞的開不了口，但這卻是如此重要，也才能互相激發出更多火花。

二〇一七年，我和皓晴暫時分開，和辛吉絲搭檔。那一年，我們會相互

EVA AIR
Taiwan Mobile
EVA AIR

去看對方比賽，也會在賽後向對方提出總結看法。我常看著「像是姊姊」的Martina（Martina Hingis，辛吉絲），和「我的妹妹」皓晴，在以職業選手的觀點向對方提出建議，甚至是找空檔一起練習的時候，心裡會覺得我擁有了一個更大的團隊！

曾經有一年我生日，皓晴去買了兩個一模一樣的包包，其中一個送我當禮物，另一個她自己用。其實我不太喜歡和皓晴用一樣的東西，因爲她的身材很高䠷，適合她的款式不見得適合我。後來在和Martina搭檔的時候，她也要我買一個同款但不同色的包包，這個意外的巧合，後來讓我意識到她很努力地把這段「搭檔」關係營造出「姊妹」的氣氛，也提醒了我，該多用「搭檔」的角度去看自己的「妹妹」皓晴。

二〇一九年，我和皓晴完整合作了一個賽季。和Martina搭檔過，當了「妹妹」再回來，我發現會更體諒皓晴的心情，體會她的挫折了。以前總會希望她能和我同頻率，但現在我能夠欣賞彼此在打法和想法上的不同，然而，正因爲這個不同，即使她突然改變站位，我的心裡只會輕描淡寫地說：

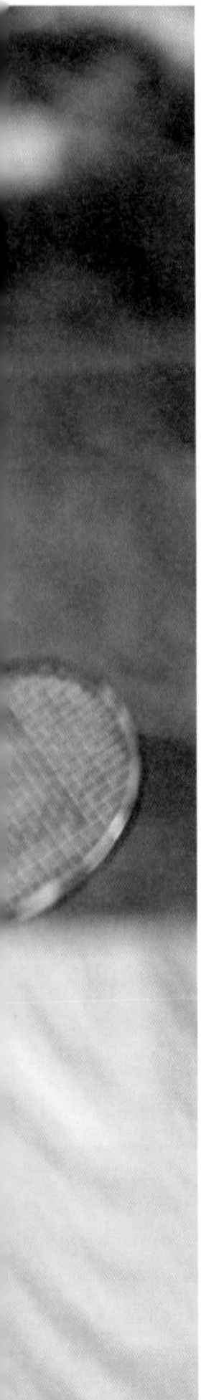

「哦，妳又來了！但沒關係，我跑得到！」接著設法把它打成神來一筆的得分。

也許有人會因爲皓晴是我妹妹，而誤以爲我會對其他的搭檔厚此薄彼，這全然是沒有把皓晴視爲一個職業選手的想法。雖然我們無論如何都無法擺脫血緣上的姊妹關係，但在賽場上，並不是誰帶著誰就一定可以獲得比較好的成績，沒有人會拿自己短暫的網球生涯去偏袒誰，畢竟職業網球是個相當現實的戰場，成績還是一切，就像親人一起工作的面臨的問題可能更多一樣，我也親眼看過親姊妹在球場上吵起來，最後把比賽搞到輸掉的！

在我眼裡，皓晴從小就是因爲眞的想打而打網球的人，就像她小時候許的生日願望是「我要長得比詹詠然高」，她從來不是只想「追上我」而已，而是要超越我，被更多人看見！她一直以來竭盡所能地在職業網壇拼搏，但因爲她無時無刻都會被拿來跟我相提並論，我的「光環」也變成她的枷鎖，

讓她的優異表現被視爲理所當然！

我和她搭檔，並非因爲她是我妹妹，而是因爲她是優秀的職業女子網球選手。當我偶爾在場上遇到亂流，愈打愈慌的時候，皓晴來會跟我說：「嘿！妳在幹什麼？把妳的態度拿出來！妳一直這樣，對妳沒有好處啊！」這樣的「訓話」，宣示著她早已不是當年那個被我「帶著」比賽，關鍵分還得讓給我處理的小朋友了。

我們的相處模式愈來愈專業，只不過最近又遇到一個問題，有時她會跟我抱怨：「我們好久沒有聊心事了，妳可以暫時不要當我的搭檔，先做回我姊姊嗎？」還會跟媽媽叨唸有些心裡的話不太敢跟「姊姊」說，因爲怕影響「搭檔」的心情。看來要在「搭檔」和「姊妹」之間收放自如，我還得努力學習。

學姊奇幻旅程

二〇〇七年一月二十七日，我和莊佳容結束澳洲網球公開賽回到台灣。當我們穿過入境的自動門，看到整個機場大廳滿坑滿谷都是人！一眼望不完的攝影機、照相機高低橫列成兩、三層，閃光燈、快門聲、好多人爲我們加油，還有人上前來把花圈掛在我們兩人的脖子上，好幾位警察很努力地在維持現場秩序！人多到我一下子找不到來接我的媽媽和皓晴在哪裡？

二〇〇七年的澳網，是我人生第一次打進大滿貫的決賽，當時我和莊佳容很幸運地得到外卡（Wild Card）進入會內賽。那一年，我們兩人突破了前兩輪，以黑馬之姿在第三輪擊敗了大會第五種子，當時女單世界排名第十的沙芬娜（Dinara Safina）和她的搭檔，四強賽時還以直落二擊敗了才在一個月前打贏我和莊佳容，獲得二〇〇六杜哈亞運女雙金牌，同時也是那年澳網大會第二種子的鄭潔和晏紫！

冠軍戰我和莊佳容緊咬對手，把第二盤逼到搶七拒絕被直落二，到第三盤才不敵經驗豐富，且是二〇〇五年溫布頓網球公開賽女雙冠軍，也曾經是雙打世界球后的布萊克（Cara Black，當時女雙排名第五），以及胡珀（Liezel Huber，當時女雙排十七）。報導稱我們兩人為「黃金女雙」、「寶島雙嬌」，對當時還未滿十八歲的我來說，是一段令我自己和許多人都感到極為驚奇的旅程。

二〇〇五年，日本岐阜，旅程的起點。

在岐阜的賽程結束之後，那時還兼顧單打、雙打的我，並沒有很固定的搭檔，在去下一站福岡之前，我需要找一位女雙搭檔，於是打電話給我少數認識，而且雙打成績很好，當時也沒有固定搭檔的莊佳容。她是我從小就仰慕，成績也十分優異的選手，那是我第一次打電話給她，當時又興奮、又緊張，心跳隨著電話的嘟嘟聲愈跳愈快！莊佳容很爽快地答應了！她還很熱心地告訴對日本不熟的我，從岐阜去福岡可以搭新幹線到博多車站。也告訴我很多關於比賽簽到、報名和旅行的經驗。

合拍的第一件事是我們兩人的角色分配。莊佳容和當時的我都是以反拍見長，雙打站位彼此是重疊的。她看過我打球，認爲我在底線的穩定度足夠，於是建議我改到正拍的位置，這也是我如今正反拍的位置都難不倒我的開始。我們一合作就成績就相當不錯，拿下福岡ＩＴＦ總獎金五萬美元賽事的冠軍之後，隨後不久就在首爾拿下一座ＷＴＡ的雙打冠軍！

記得剛到首爾那天，佳容帶著我到附近的餐廳吃飯。我對韓國十分陌生、對韓式料理一知半解、完全看不懂菜單上的韓文，也因爲這種情形，我以往在各個國家、城市之間轉戰，爲了方便，多半都只會到主辦單位安排的餐廳吃飯。佳容跟我說，來韓國絕對不能錯過他們的國民美食：辣炒年糕泡麵和韓式炸雞。不太能吃辣的我看著碗裡盛滿濃稠、油亮的豔紅，有些擔心地問佳容：「會辣嗎？」「我覺得還好。」她回道。那一餐，我吃一口麵就要喝半杯水，也才因此知道，原來佳容這麼能吃辣！

在一起征戰的日子裡，有時我們會在路上一人買一支冰淇淋，邊走邊吃。晚上在旅館我們會各自上網，一方面和家人聯絡，也當作睡前簡短的休閒活動。偶爾她戴著耳機安靜追著劇的時候，會突然發出驚人的爆笑！我也漸漸了解，佳容安靜的外表下，其實也有著活潑的個性。這些生活小事，現在回想起來覺得十分有畫面呢！

二〇〇六年，我們兩人愈打愈順，也一起入選了杜哈亞運的代表隊。那一屆亞運在四強賽遭遇才在二〇〇四年獲得奧運女雙金牌的李婷和孫甜甜，但我們並沒有因此而害怕，以直落二晉級。帶著如虹的氣勢打到女雙決賽，對手是剛奪得澳網和溫布頓兩場大滿貫雙打冠軍頭銜的鄭潔和晏紫，從經驗到排名，賽前無論誰看都會一場壓倒性的敗戰。第一盤確實有點招架不住，但我們兩人沒打算就此束手，第二盤和她們纏鬥到搶七，才讓這對從小就一起搭檔的好手站上比我們高一階的頒獎臺。

一年半過去了，雖然我們兩人家住的地方一南一北，能一起練習的時間很有限，但包含亞運在內，我們一起參加了十五個比賽，贏得八個冠軍、六個亞軍。那一年，我很榮幸入選爲中央社「台灣十大潛力人物」體育競技類的得主，也是得力於莊佳容給我的幫助。

亞運結束後沒幾個星期，我們到了澳洲。依據澳網大會以往的紀錄，能夠打會內賽的資格是搭檔的兩人世界排名相加爲一五〇以內，但單打或雙打排名可以擇優計算。那個星期，我的單打排名是七七，莊佳容的雙打排名是七八，合計爲一五五，離能夠打會內賽的資格就差那麼一點點，於是在報到的時候，我和莊佳容在表格填上了「W．C？」（有外卡嗎？）期待能夠獲得直接進入會內賽的資格。幸運降臨了，我們得到了那一屆六張外卡中的一張，而且是唯一一對當中沒有澳洲選手的組合。

幸運，也帶來了一些壓力，想著這麼珍貴的機會，我們千萬不能在第一輪就打完收工！也許就是這樣的想法讓自己綁手綁腳，第一輪在前兩盤我們和對手各獲得一個7-5，因爲賽程的安排，這場比賽暫停了一晚。一覺醒來，緊張感釋放不少，才把第三盤順利地以6-3拿下。

頭關一過，身上的壓力就此消失了！那時我們兩人年紀都還小，仗著體力好、對手不熟悉我們，場上敢衝、敢拚，展現出自己都覺得很強勢的球風！第三輪激戰擊敗沙芬娜（Dinara Safina）和席瑞波妮克（Katarina Srebotnik）這對排名都在世界前十五的搭檔，帶給我們極大的信心！後續即使八強賽對手的世界排名優於我們，也能以6-0、6-0輾壓勝出；四強戰遇到了才剛在亞運打敗我們的組合，仍然毫無畏懼，再度以直落二輕鬆過關！在我們合作的第一個大滿貫就殺進了決賽！

澳網後，我們成了女雙的大黑馬，瞬間吸引了所有頂尖組合對我們關注！然而在此同時，球壇許多人士開始懷疑我們會不會只是在南半球仲夏裡短暫一現的曇花？九月，北半球的初秋，我們再度綻放，又一次令人驚奇地闖進了美網冠軍戰！和沙芬娜在紐約狹路相逢，這次她和戴希（Nathalie Dechy）搭檔，即使排名較澳網時稍有下滑，但看來有好好地研究過我們兩人，最終我和佳容還是沒能捧起夢寐以求的大滿貫冠軍，卻也自此站穩在女雙的前列地位。

這一年，我們一起拿下了三個WTA冠軍，四個亞軍，一個ITF的冠軍，也一起爲中華隊贏得一面金牌。和她搭檔的期間，我的雙打排名從二〇〇六年的一一九名，大幅躍昇至二〇〇七年的世界第八，二〇〇八年最高還曾到世界第六。

民 國
Taipei

佳容對我來說像是一位「學姊」，她帶著我這個未成年的小妹妹在各站比賽間穿梭，在球場上拼搏，看見了我自己沒發現的優點，使我今天在球場上的死角變少、能力更全面。她是一位很體諒人的學姊，在我還要兼顧單、雙打的時候，她願意給我空間，配合我的賽程表，讓我去爭取經驗和積分。

她還是一位很低調的學姊。在澳網的頒獎典禮上，主辦單位只讓我們其中之一致詞，而她把這個無比珍貴的機會給了我。當時面對滿場的觀眾，實在是緊張地不得了，在極短的準備時間裡，我只記住了工作人員提醒我賽事贊助商品牌要怎麼正確發音，領獎的時候也手足無措，甚至東西還沒拿完就站到一邊，致詞的過程裡，滿腦子都是工作人員提醒我要感謝的名單，其他都不知自己講了些什麼！後來我才發現忘了感謝佳容，但她卻不在意這件事。

因爲有她陪我走過那一段驚奇之旅，讓我知道自己有能力爭取大滿貫的冠軍！有能力站在世界排名的前列。謝謝妳，佳容。

「最想擊敗的對手」成了「合作無間的隊友」

打球至今的許多經歷，和辛吉絲（Martina Hingis）一起站上球后之位是最近，也是很令我感動及興奮的一段旅程。

我之所以會愛上網球，是因爲看到爸媽在球場上可以把球打到任何想要打到的地方，覺得他們好厲害，小小的心靈就這麼被吸引，和網球結下不解之緣，也因此從網球有所學習、收穫、看到了更大的世界。

在我七歲開始，我留意到另一個像爸媽打球那麼厲害的人——辛吉絲，她才十五歲就拿下了個人第一座大滿貫女單冠軍，十六歲站上單打世界第一，成了史上最年輕的大滿貫單打得主與世界第一，直到今日，還無人能打破這兩項紀錄。對我來說，這個「姊姊」眞的太厲害了！小小的心靈也就這麼被她吸引，也暗暗許下一個心願：

「希望未來的我，可以在某一天成爲辛吉絲的對手，那將會是我夢想成眞的時刻。而且，我想要贏她！」

Slazenger
Slazenger
ROBINSONS
ROBINSONS

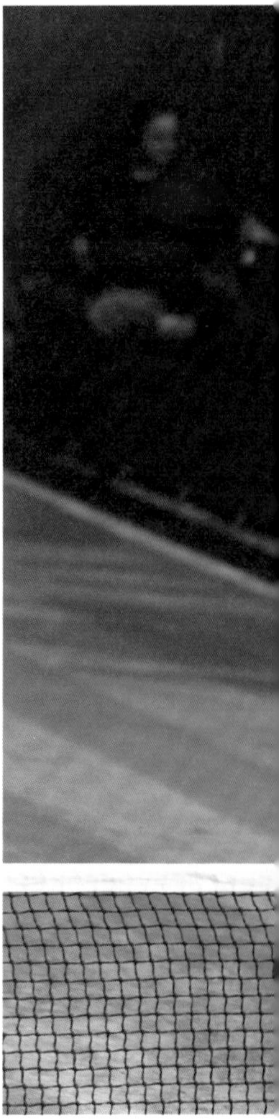

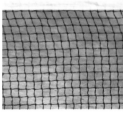

隨著對網球投入和瞭解愈來愈深，辛吉絲之於我，不再只是一個因爲輝煌戰績而被小女孩崇拜的偶像，更是一個值得欣賞與學習的選手。以一個網球選手來說，辛吉絲的身材並不具備優勢，身高即使不過一六七公分，但憑藉靈巧的技術和頭腦，一站上場就展現無所畏懼的氣勢，一一擊敗赫赫有名的前輩，成爲最頂尖的網球員。

我的身高一七一公分，在亞洲女性之中已經高於平均許多，但當和世界頂尖職業網球選手齊聚一堂，特別是與歐美選手相比，我並不算高，這也因此讓我覺得自己和辛吉絲有相似之處，所以從小只要電視上轉播她的比賽，我就會很認眞地收看，學習她的戰術和打法，每天都很認眞的訓練，期待自己能變得跟她一樣厲害，擊敗比自己高大許多的對手。

EVA AIR
Taiwan Mobile

OR
CIN

曾有一兩次機會與辛吉絲交手，但都因爲當時她或我因生涯規劃考量或未能晉級而錯過。直到二〇一三年八月，我二十四歲生日的那個月，當美國公開賽混合雙打的第一輪比賽籤表公布的那一刻，我的興奮之情溢於言表，比過去拿下的任何一個冠軍都教我來得興奮，因爲當年七歲的小女孩想要和厲害「姊姊」辛吉絲交手的心願，終於有機會實現了！

一上場，我有一種超過在其他任何一場比賽裡所能感受到的興奮，彷彿有一股熱流從腳底經過每一個關節直竄到頭頂，雖然當時是八月的盛夏，但正快速飆升的腎上腺素讓我的手感比氣溫更加火燙！應該是由於從小就仔細又反覆研究辛吉絲的比賽，每一次她出手，我幾乎都看得出來要打的方向，打起來也得心應手。比賽中的每一次發球、回擊、正反手的對抽……我都在提醒自己要好好珍惜這次機會，拿出最好的表現。

我當天的球感狀況確實也沒有讓自己、搭檔、以及支持我的球迷朋友失望，在場邊的媽媽，也很認眞的在幫我記錄這場比賽的每一刻。最後我和搭檔以直落二拿下這場比賽，到網前握手的時候，我很想告訴辛吉絲她一直以來都是我的偶像，我今天能夠站在這裡也都是因爲她，但心裡又想：有誰在輸球的時後聽到對手這樣講會開心而作罷……。

在接下來的幾次對戰中，也是由我拿下較多場的勝利，隨著辛吉絲和她當時的搭檔米爾扎（Sania Mirza）成爲世界第一，我和辛吉絲對戰的敗場數才逐漸變多，而且大部分都是在激戰三盤後，由她拿下勝利。這也讓我看見，世界球后的臨場適應力和觀察力確實異於其他選手。

直到二〇一七年的澳洲網球公開賽，因爲下雨，大家爲了爭取在較少場次的室內球場訓練，必須與其他選手共用場地，而很巧的，我們跟辛吉絲和她的陪練員一同分享場地，在那個時候，我和辛吉絲已經非常熟稔，畢竟已經在巡迴賽上對戰了很多次，也常在更衣室、理療室聊天，雖然有時候因爲比賽輸贏的壓力情緒下，在球場上還是難免偶爾會抱怨對方，但一下了球場很快就會忘了比賽的事，我也能感受到我們對彼此的尊重。

在那次練習中，有一刻辛吉絲下場喝水，我和皓晴還在繼續對打，我們也利用這短暫的兩三分鐘，讓陪練員上來球場站在網前模擬比賽的站位，也剛好變成了雙打三缺一的狀態，這時辛吉絲就突然站上球場，成爲我的前排搭檔打了好幾分的比賽。在下場休息時，辛吉絲跟我說：「如果將來皓晴因爲任何原因無法出賽，或是妳們各自有其他計劃，歡迎你打電話給我，我會很樂意成爲你的搭檔」。

其實在辛吉絲與米爾扎結束合作的同時，我和妹妹皓晴的成績也開始有些下滑，而在那次的澳網，我們雙方的女雙成績都不佳。在考量到我們雙方都跟自己的搭檔搭配蠻長一段時間了，也差不多到了考慮換搭檔的時機。在職業網壇，雙打組合搭配一段時間後都會需要換搭檔，因爲如果搭檔久了，其他組合會開始研究我們的慣性與打法。另一方面則是，跟不同的搭檔搭配，能夠開發出更多元的打法和戰術，也能製造出新的火花，讓自己能夠再次突破。所以在當時，我們在選手餐廳便開始討論一同搭檔的可能性。那次談話後，我們決定在澳網結束的兩週之後開始成爲搭擋。

在剛開始搭配過程中，我心裡相當興奮，畢竟小時候的心願是：要成爲辛吉絲的對手，還要贏她，現在不止已經打贏過她，還能跟她搭檔！完全超

過自己所求所想！但同一時間，緊張和憂慮的感覺也開始在心裡迅速蔓延，因爲和她對打，輸贏是自己的事，現在搭檔了，會擔心自己在哪方面做得不夠好？會不會無法配合想做的戰術？而辛吉絲失誤我該不該跟她說怎麼打比較好？因爲畢竟她的經驗比我豐富那麼多，會不會無法接受我的意見？會不會挑剔我有哪邊沒做好？

在我們一起合作的第一個比賽於八強落馬後，這個疑慮也就慢慢消失，原因是在我們輸球後，辛吉絲不斷向我道歉，說是因爲她沒打好，拖累去年冠軍的我，沒讓我保住積分、排名也受影響＊，還從餐廳拿了兩塊蛋糕出來跟我一起分享，就怕我心情不好。在隔週的第二個比賽期間，除了我們平時白天練球時間外，還發現她晚上自己拿了一籃球到球場練發球，問她爲什麼不叫我一起練？她說：「因爲上一站是她沒發好，才讓我們輸球。」在那個當下，我慢慢地開始瞭解到她的成功絕對不是偶然，因爲已經擁有這麼多輝煌紀錄的她，還是非常謙虛地去檢視自己的不足，也願意腳踏實地的去改善它。我們在搭配的第三個比賽就拿下了冠軍，一起搭配了將近一整季的比賽，共打了十五站的賽事，拿下了九座冠軍，也一同見證了辛吉絲的退休。

小時候的我，一定沒有想過這件事會發生，也沒想到自己可以這麼幸運，偶像變成了搭檔，想到這邊，就覺得自己真的很滿足，在這漫漫的網球路上，可以有這樣奇妙的劇本，我永遠記得我們一同拿下二〇一七美國網球公開賽冠軍後，她對我說：「我很開心能夠跟你一起拿下你的第一個大滿貫冠軍，也很開心我網球生涯的最後一個大滿貫冠軍的搭檔是你。」

＊註：依照職業網球的積分規則，積分是以最近的五十二週來滾動計算，每過去一週，就要先扣掉去年這一週的積分，再加上今年的。例如：某位選手在去年奪得了大滿貫的冠軍，可得 1000 分，但今年的同一個大滿貫賽中，這位選手卻在四強止步，因此只能獲得 450 分，依照積分規則，這位選手在今年賽後的積分便少了 550 分（− 1000 ＋ 450 ＝ − 550）。所謂「保住積分、排名」即是在本週沒有因戰績不佳或缺陣，而令積分較去年大幅減少或下滑。

感謝墨爾本的那場雨讓我們首次站在網子的同一邊

好像多了一個姊姊

小時候，總會有一些像是作文或是各種培養語文能力的課程，在當中會聽到、讀到一些名人、偉人的故事，希望小朋友能夠找到學習和效法的榜樣。雖然小時候聽到的名人、偉人大部分都離我很遠，甚至是幾百年前的古人，但長大之後，還是知道要從別人身上學習他們的優點，好讓自己進步。

像是我小時候學習辛吉絲（Martina Hingis）的打法，希望自己能像她一樣，即使身材上沒有優勢，還是能運用戰術、技巧來打贏高大的對手。在跟她搭檔的一個球季當中，我發現我不止在球場上向她學習，更是在生活當中一點一滴地被她影響。

我們家只有我和妹妹皓晴兩個小孩，我沒有親姊姊。雖然很多人都感覺，媽媽和我從外型到感情都像是姊妹，但在某些時刻，媽媽還是會恢復「媽媽」噓寒問暖照顧我生活，或是提醒我觀念、關心我心情的角色。

至於辛吉絲和我相處的方式，就像是我多了一個姊姊一樣，而且是一個性格和我天差地別的姊姊。開始搭檔之後，除了討論球場上的話題，我們就像是姊妹一般，我開始叫她 Martina，討論這一季彼此的比賽衣服怎麼搭配比較好看？晚餐要到哪家餐廳去吃？還常常拉著我一起陪她逛街。

有一天比賽輪空，我本來想睡飽一點，但房間的電話響了：「HEY，Latisha，我們一起去吃早餐吧！」Martina 在電話裡說著。想想，也好，就下樓和她吃早餐。吃完了，Martina 說：「走吧！我們去逛街。」在她的熱情邀請下，我就無可不可地跟著去了。

當 Martina 很認眞地挑選想買的包包，我也沒能閒著，因爲她會一直過來問我的意見，還要我不能只簡單回她「好看」、「不好看」，要有深入的看法，比方說什麼顏色適合她？揹帶長短？皮質要選柔軟的還是硬挺的？終於，她拿定主意了，本以爲我們可以回飯店，沒想到她這時候說：「妳也去挑一個吧！」

「呃……我這趟是陪妳出來的，自己沒打算買包啊！」心裡正在這麼猶豫的時候，Martina 已經拿了幾個包包過來了。「這個……顏色好像不太適

合妳。這個……有點太大了……」，忙了一陣之後，她拿著一包包說：「這個太適合妳了！揹著剛好會到妳腰部的位置，好看而且揹帶很舒服。」

我仔細一看，是和她剛才挑定的同一個款式但不同顏色的包包。到了結帳的時候，整個發展有點讓我一下子搞不清楚：陪她逛街，她挑了個同款不同色的包包給我，但結帳是各自買單？更何況，在美國買法國貨？算起來其實很不划算，現在到底是什麼情況？

有時候我們搭車去練習或比賽的時候，她在車上很熱情地告訴我她在瑞士養的馬要如何照顧，雖然說我的英文溝通能力還算不錯，但我對養馬這個領域真的是完全陌生，有很多專有名詞聽不懂，所以只能有一搭沒一搭地和她聊，但 Martina 會發現我「恍神」，還會直接把我的臉轉成和她對望，要我專心和她講話。

還有一次 Martina 接完電話後跟我說：「我媽剛問，妳美國總統比較支持誰？（那時二〇一六的美國大選剛結束沒多久）」。天啊！養馬已經是我很陌生的話題了，現在要聊美國總統?!而且是她媽媽在問這個？她們不是瑞士人嗎？話題會不會聊得太寬了？

「呃……那妳怎麼跟媽媽說的？」我問道。

「我跟她說，Latisha 對政治話題沒興趣。」

也像所有姊妹一樣，我們還是會拌嘴的。有幾次在比賽中遇到失分比較多，Martina 會在球場上跟我碎唸：

「Don't let the ball pass you!」（別光看著球穿過妳啊！）

「Cover your court, I'll cover mine.」（守好妳的區域，我這邊不用妳擔心。）

……之類的話。其實她的口氣和態度也很一般，並沒有責備或生氣，只是我在場上聽到這種話，倒也不是對她生氣，而是鬥志就會被激發起來。下了場，她看我心情還有些嚴肅，就會過來笑笑地跟我說：「我剛剛是故意激妳的，妳有壓力的時候，打得比較好。」

也許是因爲從小對媽媽許下要好好打球的承諾，又也許是因爲排行長女的原因，在網球和生活的態度上我顯得嚴謹，甚至是嚴肅，而 Martina 讓我看見和親身體驗了另一個生活風格。

二〇一七年六～七月的草地賽季，我們來到了西班牙的度假勝地，號稱寧靜之島的馬約卡（Mallorca）。我雖然一年有很多時間在不同的國家和城市之間穿梭，但說到底都還是爲了比賽，每到一個城市主要就是調整時差、適應場地、練習、比賽，然後打完就收拾行李儘快移動到下一站，接著又再回到調整時差、適應場地、練習、比賽，然後打完就收拾行李儘快移動到下一站的循環。因此，不管比賽所在的城市有多麼風光明媚，基本上都和我沒什麼關係。

在馬約卡的比賽打得還算順利，有一天早上 Martina 跟我說：「走吧！我們去海邊玩。」這個提議對我可以說是不可思議！因爲當天晚上還有比賽，下午就該去練習了，現在去海邊玩不會太放鬆嗎？而且以我一直以來的經驗，哪怕是在游泳池泡著，只要下過水肌肉就會過度放鬆，反應會變慢、力量會上不來，所以只要是比賽日，我一定不會下水。

但 Martina 說：「這邊比賽打完，我們就要離開馬約卡，然後一路爲了溫布頓做準備，哪裡還有時間去玩。而且這裡可是馬約卡啊！難得到了海邊，怎麼能不去玩？」

Martina 的個性是一旦認定了目標就是堅持到底，誰也攔不住，而這樣的性格不論在場上和場下都一樣，於是我就跟著 Martina 和她未婚夫一起去了海邊。我們去到的地方是岩岸，滿布礁石，要下到海水裡得要一手一腳地爬下大約一、兩層樓的高度，Martina 一到就很興奮地說：「我要用跳的！」Martina 的未婚夫哈利好不容易阻止了她直接往下跳，但最終還是拗不過她，哈利只好先下到水裡確定深度足夠之後，再讓 Martina 跳下來。

「嘿！Latisha，輪到妳了！」已經在水裡的 Martina 很開心地叫著我。

這什麼意思？輪到我？意思是我也要跳下去嗎？我不能爬下去嗎？我可不可以直接回飯店？腦子裡小劇場此起彼落的疑問，讓我在礁石上猶豫了一陣子。當我從礁石跳下，再從水底游上來時，我有一個很新鮮的感覺，好像一個跟著姊姊的小妹妹，去到一個地方探險，心裡也似乎有個瓶頸被打開了，整個人輕鬆了起來。隨著搭檔的時間長了，她愈來愈像我姊姊，遇到有人欺負我，她還會替我出頭。

知味鄉

二〇一七年，我們一起拿下了女雙世界排名第一，我也見證和陪伴了Martina在職業網壇的最後華麗轉身。在這麼成功的賽季之後，雖然我們都很希望再繼續合作，但我們彼此從一開始合作就知道，這是她的最後一個賽季。

Martina也邀請我、皓晴和媽媽，去瑞士參加她的婚禮。不否認，當她退役之後，我有些失落，怕再也找不到她這樣的搭檔。媽媽跟我說：「她當時爲了和妳搭檔其實花了不少心思，畢竟妳原來是和親妹妹搭檔，爲了能和妳有姊妹的感覺，她拉著妳做很多平常姊妹會一起做的事，拖著妳去買了同款不同色的包包，還要妳自己結帳，也是爲了不要有誰大誰小的感覺。」

畢竟是媽媽，眞的很睿智，一兩句話就點醒了我。確實，Martina和我搭檔的過程，她眞的很努力用盡各種方法讓我們快速彼此瞭解，未來，我也得要扮演Martina的角色，來瞭解自己的搭檔，也開始懂得除了比賽之外，偶爾要找空檔去比賽的城市旅遊一下，把心裡的瓶頸打開，不然會被自己的上進心壓垮。不過，即使和Martina搭檔學到這麼多，我還是會堅持不在比賽當天早上去游泳，因爲去馬約卡海邊游泳那天傍晚，多花了好多時間熱身才把狀況找回來，比賽開局打得也跌跌撞撞的，所以以後眞的不敢了。

回想和 Martina 搭檔那段日子，有時候在聊天或是相處的當下，我都會突然出鏡，跟我自己說：「天啊，現在是 Martina 在我面前耶，她是我搭檔也是我好朋友，我跟她一起並肩作戰，也知道好多她的事情喔！」在那種時候，我都好希望有時光機，回到我童年告訴小時候的自己：「你知道嗎？你的偶像未來會成爲你的搭檔喔！你們會成爲好朋友，會一起當世界第一，甚至還一起幫她未出世的女兒一起選名字！」

不知道七歲的我，聽到現在的我這麼說，會有什麼感覺？

我的大滿貫搭檔們

二〇一七年，我和 Martina（Martina Hingis，辛吉絲）搭擋，在那一年的美網，我陪她拿下了退役之前的最後一座大滿貫冠軍，而她則是陪我拿下了人生第一座四大賽冠軍。第二年，我開始試著和不同選手的搭檔，希望能夠找到更新的火花，開發出自己更多的能力。搭檔不固定，自然成績也就有些起伏，但沒想到，我在這年又拿下了一座大滿貫冠軍。

我和 Ivan（Ivan Dodig，伊凡・多迪格）組成混雙搭檔的過程其實有些曲折。在網壇久了，很多選手都會知道彼此，但不算是熟識，我和 Ivan 就屬於這種狀況。二〇一八年三月的某一天，我在美國加州印地安泉（Indian Wells）比賽的選手餐廳，正想著要從餐檯上拿什麼東西的時候，有個人突然站在我旁邊，是 Ivan。

「Hey, Latisha, 妳法網的混雙有找到搭檔了嗎？」

「還沒有。」我被這突如其來的問題嚇了一跳。

2018 法網混雙冠軍

「那妳可以和我搭檔嗎？」

我當時對 Ivan 不熟，更沒看過他的比賽，不知道兩個人的球路能不能配合，所以就先交換了聯絡方式，請他給我幾天想一想。在做過一些功課之後，我認爲兩個人應該可以試著搭檔，於是就說定了要在五月底的法網一起參加混雙賽事。

法網的前一星期，我到了史特拉斯堡（STRASBOURG）這個位於德法邊境，距離巴黎大約五百公里，擁有豐富歷史的城市，在這個我十分喜愛的地方，我順利挺進到四強賽，正在激戰的時候，我突然感覺疼痛！於是就向主審申請傷停。

「妳哪裡不舒服？」主審問

「我左胸會痛！」

畢竟這個位置靠近心臟，主審很愼重地問我是否需要現在暫停？還是依網球規則等換邊再讓醫療人員進場？我回答他還可以繼續。主審讓賽事繼續進行的同時仍不敢掉以輕心，所以他召來的除了原本在賽場附近待命的物理

2019 溫網混雙比賽、溫網混雙奪冠

治療師和醫生，還另外加上了急救員。當兩個抬著擔架的急救員要直接衝進球場時，主審和我都吃了一驚！在主審舉手示意請他們先等這一局結束再進場的同時，我也向他們喊道：「It's not that bad!」（我狀況沒那麼慘啦！）全場觀眾們聽到也都笑了。

醫生和物理治療師在比賽在換邊休息的時候進場做了一些簡單測試，判斷應該只是肌肉的問題，不會有嚴重或立即性的危險，於是我在簡單治療後忍著痛打完那場比賽，也止步於此，無法再晉級。賽後到防護室做比較多的診察之後，確定是肋骨扭傷。

休息了一晚疼痛依然沒有減輕，問題來了，這天是星期六，馬上就要到法網，參加混雙得要在下星期三完成現場報名，在這種狀況下，再多休息一、兩天女雙的比賽應該沒問題，但如果如果多打一個混雙，要應付男選手又重又快的球，擔心傷勢會加劇，於是我就在前往巴黎的高鐵上跟 Ivan 聯絡：

「Ivan，我的肋骨扭傷了，沒有辦法保證能在混雙賽程前恢復，發揮最好的狀態，所以無法如約和你搭檔，請你諒解，我並不是故意拖到今天才告訴你。趁現在還有幾天，趕快去找狀況比較穩定的選手來配合，如果你需要其他選手的聯絡方式，我可以幫你介紹。」

第二天，距離法網混雙報名截止的時間更近了，Ivan 打了電話給我：

「Latisha，妳的恢復情況如何？傷勢有沒有好一些？我試著找其他的搭檔，但離比賽剩沒幾天，所以實在找不到人。這樣吧！我們還是一起打混雙，如果到時候妳的傷勢實在受不了就退賽，畢竟身體要緊。」

在法網緊湊的賽程裡，多數的混雙搭檔很難有辦法事先一起練球，如果當天兩人各自有雙打賽程，也都會以和原本的搭檔配合爲主，因此大部分的混雙組合是在彼此不太熟悉的狀況下出賽，這也使混雙賽事常常發生許多令人感到驚喜的結果。我和 Ivan 的第一次配合就是如此，不但球路很合，兩人在場上的溝通也十分順暢，我肋骨的傷勢也似乎也已慢慢復原，就這樣，第一場比賽順利的拿下。

我和 Ivan 兩人勢如破竹地殺到四強，在賽前熱身的時候，我的眼角在場邊瞄到一個熟悉的身影——是 Martina！

Martina **也見證了我的第一個混雙大滿貫**

「妳怎麼要來看我比賽也不先說一聲？這麼突然跑來，我壓力很大吔！」

她先跟 Ivan 簡單打了個招呼，然後對我說：「因爲我知道妳壓力大的時候打得比較好啊！」

Martina 即使退役了，仍然記得我在球場上激不得的習慣，或許就是她在賽前適度給了我一點壓力，那是一種熟悉的感覺，讓我在比賽中表現得更好，順利晉級到冠軍戰。

那場比賽，Martina 不止在觀眾席上仔細地看每一球我和 Ivan 的處理方式，賽後也到健身房陪我做緩和運動。當我騎完腳踏車下來的時候發現，Martina 和還在騎腳踏車的 Ivan 在交頭接耳，氣氛頗爲正經，不像是在閒聊，也不讓我過去參與。一陣安靜之後，兩人突然地大笑，讓我忍不住問他們在說什麼？

「Martina 剛剛在教我怎麼看透妳。」

「對啊！我把妳的祕密都告訴 Ivan 了。」

「我希望妳講的只有球場上的事。」我跟 Martina 說。

「當然啊！不然妳以爲我還能跟 Ivan 說什麼？」Martina 笑著回我。

想必是我的前後兩任搭檔在健身房的經驗分享，我和 Ivan 在法網混雙冠軍戰打得很好，也更信任了解彼此，也就這麼拿下我們各自的第一座大滿貫混雙冠軍。那天 Martina 很興奮地從親友包廂跑到球員更衣室門口等著跟我合照，她跟我說：

「我很開心去年能陪妳拿下人生中的第一座大滿貫冠軍，今天又能看著妳拿下人生中第一座大滿貫混雙冠軍。」

二〇一九年的法網混雙再次讓我驚喜。那年的女雙賽事我表現不是太好，在第二輪就結束了賽程。帶著落寞的心情，我到了混雙的賽場，Ivan 看出我不開心，爲了提振的我士氣就努力講了很多笑話，但都沒能讓我眞的開心起來。

即使如此心情有些低落，但或許是因爲前面剛打完比賽，身體已經熱開，那場球我順手到連對方男生的球都應付得很好，於是我們又一路打進了法網的混雙冠軍戰。決賽我們只花了二十三分鐘就拿下第一盤，最終順利在巴黎二度捧起了混雙冠軍盃，也讓我和 Ivan 成爲法網自一九六八年開放年代後，第一個混雙衛冕組合。

在場內外都有很好的溝通與配合，使我和 Ivan 不止二〇一九年在法網有所斬獲，隨後也在下一個月的溫布頓草地上舉起我們人生中第一座溫布頓混雙冠軍。那一年 Ivan 在溫網的男雙打到四強，但溫布頓的男雙賽制和其他大滿貫不同，不單是五盤三勝，而且決勝盤還是長盤制（Long Game），Ivan 幾乎場場都纏鬥到第五盤，體力負擔很大，所以在打混雙的時候，有幾場我必須扛下壓力，阻止比賽進入到決勝盤，好讓 Ivan 之後還有體力應付他在男雙的比賽。

我很幸運有這兩位搭檔，Martina 即使退役了還是很關心我的狀況，而我和 Ivan 的配合也越來越好，私底下也和他太太、兒子關係不錯，Ivan 還讓他的體能教練來台灣協助比較早開始冬訓的我，這讓我感覺到像是有愈來愈多「搭檔」在背後支持我，而我也在搭檔的需要上看到自己的責任，投入所有心力為彼此打出優異的成績。

我的網球生涯中，有太多的故事讓我清楚明白，並不是把一群人放在一起就可以稱之為團隊，而把兩個擁有過人成績和數據的選手湊在一起，也不一定能夠發揮強強聯手的威力！只有用心地對待彼此，不論在場內外都互相著想，才能成為彼此的大滿貫搭檔。

前後任搭檔經驗分享

▽ Embrace

我通了關，把行李放上推車，慢慢地走向接機大廳，每走一步，左腳都傳來針刺般的疼痛，那是第一次我覺得「好好走路」是一件如此奢侈的事。

玻璃門滑開，接機大廳裡人並不多，可以用冷清形容；有幾個人舉著寫著姓名的海報靠在欄杆上，但都不是來接我的。

沒有人來接我，甚至沒有幾個人知道我回台灣了。

眼前突然閃過兩年前的畫面，同樣的接機大廳，擠滿了記者和球迷，迎接征戰澳網回來的佳容和我，鎂光燈此起彼落，我們被簇擁得寸步難行，有人舉著海報和鮮花，有人喊著我們愛你。

彷彿是坐了時光機，在同一個空間穿越了時間，我回過神來，回到冷清的機場大廳，回到現實。

主場・優勢

你有遇過所有人都希望你失敗的時候嗎？

在打國際青少年賽的時期，有一次我到加拿大比賽。那一次主辦單位安排的住宿不是在旅館，而是接待家庭，因此我就和爸爸在當地的一個五口之家住宿。這一家人對我們很好，在加拿大那一個禮拜，會開車載我們去練習、比賽，吃飯也是和他們一起，就像眞的一家人一樣。

其中一場比賽我對上了加拿大籍的對手，她也是我的朋友，但當時整個球場裡的觀眾，除了接待家庭的這對夫妻和他們的三個讀小學的孩子之外，其他人一面倒地爲她加油。跟在電視上轉播的職業賽裡，觀眾席會偶爾傳來幾聲叫喊不太一樣，當時的助威用「震天價響」來形容絕不爲過！不止是我失分，連我雙發失誤（double fault），或是非受迫性失誤（unforced error）都會響起巨大聲浪！

對當時還是青少年的我來說，是個巨大的壓力！接連的四處飛行、征戰，離家已經好一段時間，身處異鄉，現場成百上千的觀眾的喊聲，讓我覺得對手像是一個巨人！看看自己，除了在場邊的爸爸之外，只有帶著三個孩子的那對夫妻爲我打氣，如此勢單力薄，讓我覺得自己好像不斷在縮小！

二〇〇九年三月我發生疲勞性骨折，在休養了兩個月之後，雖然骨折復原了，身體狀況卻還沒有調整回來，接連的兩場賽事都在首輪結束，到了溫布頓，更是在四十五分鐘內就被當時世界排名第十一的巴托莉（Marion Bartoli），以兩個6-0狠狠地擊沉！其後幾場高級別的賽事，我甚至是連會外賽都過不了！

帶著低潮，回到台北。那一年的海碩盃，因爲主場觀眾的熱情加油，即使明白自己身、心並不在最好的狀態，但爲了回應所得到的支持，我拿出能用上的每一分力量，一球、一球地把比分拿下來。

女單冠軍戰時，我看到台北小巨蛋滿場五千人的熱情觀眾，即使對手是當時的日本一姊森田步美（森田あゆみ，Morita Ayumi），比賽過程並非一帆風順，但看到這麼多人到場，就想著一定要撐住！把冠軍留下來！獲頒冠軍獎盃時，我看到了我的主治醫師吳濬哲院長、一直以來用文字給我力量的戴晨志博士、國寶級的運動防護師楊天放老師，以及我的家人和朋友，回想這一季的跌跌撞撞，曾經一度不想再撐下去，但是因爲這些老師、親人的支持，才讓我堅持到這一刻，心裡的情緒翻湧上來，講不出話。賽事司儀感性地說：「哭吧，認眞的哭吧！」

我和Ayumi交手過很多次，也是很多年的好朋友，當天賽前還一起練球。當她看到我在頒獎典禮上被司儀訪問到哭得唏哩嘩啦的樣子，聽不懂中文的她還很關心地問我：「What happened to you?（妳怎麼了？）」，因爲一時半刻沒辦法把過去半年的心情起伏講清楚，我只好回她：「I can't explain it.（我說不上來。）」

二〇〇九年的十一月的海碩盃女網賽，是我在那一季拿下的第一個單打冠軍，在隨後的女雙決賽，我和莊佳容也搭擋奪冠。那是海碩盃女網賽爲史上第一次由地主選手拿下女單冠軍；同時也是第一次產生單／雙打雙料冠軍。

觀眾對我和每一個選手而言都是十分重要的，當你站在場上，看到有人

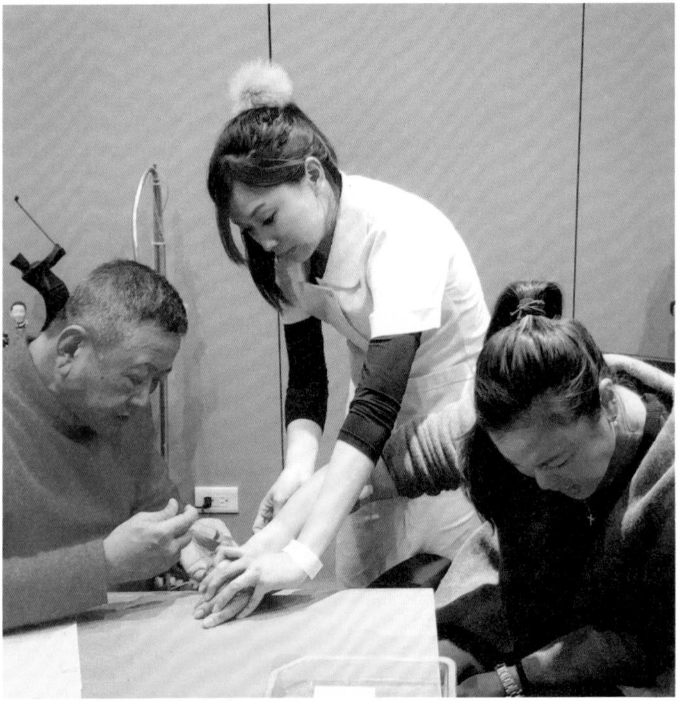

吳濬哲院長我十四歲起一直都為我治療

因爲你而坐在這裡，也爲你所得的每一分感到興奮，在妳失分時也給予支持，你就會更想要把肌肉裡每一絲能量都榨出來，爭取這場球的勝利！

回到青少年時那場在加拿大的比賽，全場觀眾一面倒的喊叫讓我覺得煩躁，開始接連出現的失誤也讓我愈打愈慌，我好想叫裁判把這些觀眾都趕出去！但實際上，他除了在即將發球之前，優雅地對觀眾席說幾次：「Thank You.」以示制止之外，不會有其他的行動。靜下心想，眞的只能靠自己！而我能讓觀眾安靜的方法只有一個，就是一直得分，把每一局、每一盤都拿下來，直到贏得這場比賽。

在海碩盃之前的疲勞性骨折，是我職業生涯一個很大的挫折。年初的時候，因爲外籍教練團希望能讓我的排名能從六十三名大幅躍升到三十五名，就趁著下一站到邁阿密比賽前的十天空檔，制訂了一份短天期但過分高強度的訓練計劃。當我有目標，我總是會咬著牙想辦法去做到，就忍著原本腳上就已經有的疼痛，說服自己那應該只是小肌肉的疲勞，硬是撐過了每天至少訓練七小時的那十天。

拖著疼痛愈來愈劇烈的身體到了邁阿密，比賽當天的凌晨一點我就醒了過來，疼痛和想要爭取更好成績的心理壓力，不止讓我失眠，更讓我哭了起來。失眠、疼痛、壓力，讓我從熱身的時候就感覺狀況不對，到了比賽像是在夢遊一樣，完全不知道自己在幹嘛！雖然贏下第一盤，但後續兩盤整個是被對手壓著打到落敗！賽後到了防護室，醫生拿著比賽之前已經照好的MRI（Magnetic Resonance Imaging,MRI，核磁共振）報告來看我，他說：

「我很遺憾地告訴你，你有疲勞性骨折，你必須至少停賽休養六到八週。」或許是身、心壓力大到快受不了了，當醫生宣布這個多數選手會難以接受的訊息時，我反而很淡定跟他說：oh no, that's ok。

後來在台北中山醫院吳濬哲院長的判斷和建議下，我離開外籍教練團的訓練營，回到台灣休養和治療。因爲吳院長的悉心診療，我的骨頭復原得很好，但由於這期間完全沒有辦法練球，加上緊接著的是草地賽季，台灣沒有這樣的場地可以讓我在上面走一走、踩一踩去適應球場，所以當我重新回到場上，就在溫布頓的綠茵場遭受輾壓式的潰敗，自此陷入低潮。

從溫布頓到海碩盃中間將近半年裡，我只要站上場，心裡就有揮之不去的陰影，腳有稍微的痠痛就擔心是不是「又來了?!」每天比賽或訓練的時候，都會不時地壓一壓自己的腳板，確認疲勞性骨折沒有復發。在注意腳板比注意對手多的狀況下，那半年我的成績相當不理想。

回到台北比賽，一開始的心情是有些複雜的，開心的是能夠在自己家裡比賽，但另一方面，因爲感受到了來自觀眾席上對我的期待，加上近期的狀

況實在很不好，雙重的壓力讓我一開始有些綁手綁腳，可是看到這麼多自己朋友、家人、師長們在現場，這些人心疼我、鼓勵我、支持我，陪我經歷過去半年的低潮和曾經的辛苦，知道我已經很努力了，就算輸了也不會責怪我，也不會有情緒性的話。因爲感受到他們的支持，我一球、一球地慢慢找回手感，在一週之內連贏九場，拿下雙料冠軍。

每一個選手肯定都會很希望能在自家主場出賽，但來自家鄉對你的期待，會讓你肩上的責任感加重，自己也想要能拿出好表現，於是「主場」形成一種壓力，也是一種動力，所以要是心理狀態沒調適好，在主場出賽並不是輕鬆、好玩的事。

在客場出賽，面對一面倒地希望妳落敗的聲浪，對我反而沒有壓力，只是覺得很煩！因爲清楚知道自己不想再身處這種境況，又反正沒人在爲我加油，就會盡一切力量、心無旁鶩，藉由獲勝來讓這些煩人的聲音消失。

以一個選手的角度，主場優勢的確存在，在物理上，我可以比客場的選手更提早適應場地，不管是速度、天氣、陽光和陰影的角度、周圍各種設施的動線……等等，甚至過去有很多在這個場地比賽的經驗，然而在心理上，如果沒有辦法自己好好調適，觀眾的期待反而會變成壓力。如果能掌握好心態，就能在自己的主場享有優勢，在別人的主場，也不至落於劣勢。

雖然我在台灣出賽的機會不多，依然很感謝主場球迷、朋友、家人、師長們的支持，若是沒有你們給予有形、無形的鼓勵，我不可能從一次又一次的挫折和低潮重新站起來。也期待大家未來只要有機會就多去現場看比賽，除了網球，其他各種項目的選手也都需要支持，讓二〇〇九年帶我脫離傷痛低潮的力量，也能成為每一位台灣選手的主場優勢。

震撼，再次襲來！

結束了在歐洲的賽程，爲了準備接下來的美網，我到了加拿大參加硬地的比賽。這場賽事的等級僅略低於大滿貫，好手雲集，加上要從前一兩個月的歐洲草地和紅土場地轉換到硬地，這些事都讓我沒辦法放心休息，即使因爲長途的飛行和時差，實際上沒睡幾個鐘頭，也還是想著該去球場去看一下比賽、熟悉環境，順便藉由一些簡單的訓練來讓身體適應時差。

在更衣室換衣服的時候，突然間走路有些不穩，但因爲情況不嚴重，想著可能是沒睡飽的關係，應該喝杯水、休息一下就會好。沒想到，接下來的半個小時，狀況惡化到覺得「天旋地轉」，即使坐在椅子上，也好像坐在「雲霄飛車」一樣上、下、左、右的劇烈晃動！甚至還有像「咖啡杯」一樣的瘋狂旋轉！

扶著牆，我踉蹌地跌回更衣室的沙發。晃動和旋轉持續著，讓我聯想到十歲那年深夜裡的天搖地動，但剛剛倒的那杯水還佇立在茶几上，像是在說：「我站得好好的，沒地震啊！」我冷靜地想著，現在更衣室裡就我一個人，要是眞的出了什麼事也沒人能救我！只好硬撐著起來，走幾步就停一會兒地撐到了大會的防護室門口。

防護員看到我虛弱無力的樣子，立刻就扶著我進門讓我躺下，檢查血壓、體溫……等基本的指數。一測心跳，居然低到每分鐘僅有四十五下！遠遠低於一個健康成年人應有的數字。防護員跟我說，如果半個小時之後，心跳數仍然這麼低，就要立刻送醫！

休息一會兒之後再間隔量了幾次，我的心跳數漸漸回升到每分鐘五十幾下，已經接近應有數值的下限，旋轉的感覺也比較減緩了。防護員判斷狀況有好轉，就讓我多喝了些水、運動飲料，告訴我再休息一陣子之後，如果感覺不暈，能平穩走路就可以離開了。

其實眩暈發作完恢復過來，身體只是感到有些疲勞，還不至於會有像是想吐之類的嚴重不適。所以那次我也因爲不想浪費時間，還到球場練習了半小時。剛開始練習的時候，本來還有些擔心會不會突然發作，但在經過伸展和運動之後身體熱開，自己感覺狀況還不錯，就沒想太多，接著就順利地完成了那週的比賽。

過了半個多月，到了美國網球公開賽的單打會外賽。有天早上一醒來，眩暈又再度襲來！完全無法從床上起身！躺了大約二小時，眩暈的感覺才和緩下來。下了床，稍微吃一點東西，帶著有些疲累的身子前往球場，但這次就不像前一回在加拿大那樣，因爲天氣蠻熱的，讓體力消耗很大，最後比賽沒能順利打完。

美網之後，比賽經常顯得心有餘而力不足，也沒有什麼特別、明顯的症狀，就是身體感到無力。最難應付的是眩暈說來就來，完全沒有徵兆，吃飯的時候發作過，比賽、練習，甚至曾經睡覺的時候整個夢境在旋轉，驚醒過來，才發現是眩暈發作了！幾次的經驗下來，還是沒辦法找到是吃了什麼、喝了什麼、或是做了什麼而觸發的！

這段時間，我每次站上球場面對的不止是強勁的對手，還有不知道在什麼時候會偷襲我的眩暈！體力的負擔因爲心理的憂慮更形加劇，比賽打打停

POTS 檢查

（傾斜床腦血流檢查）

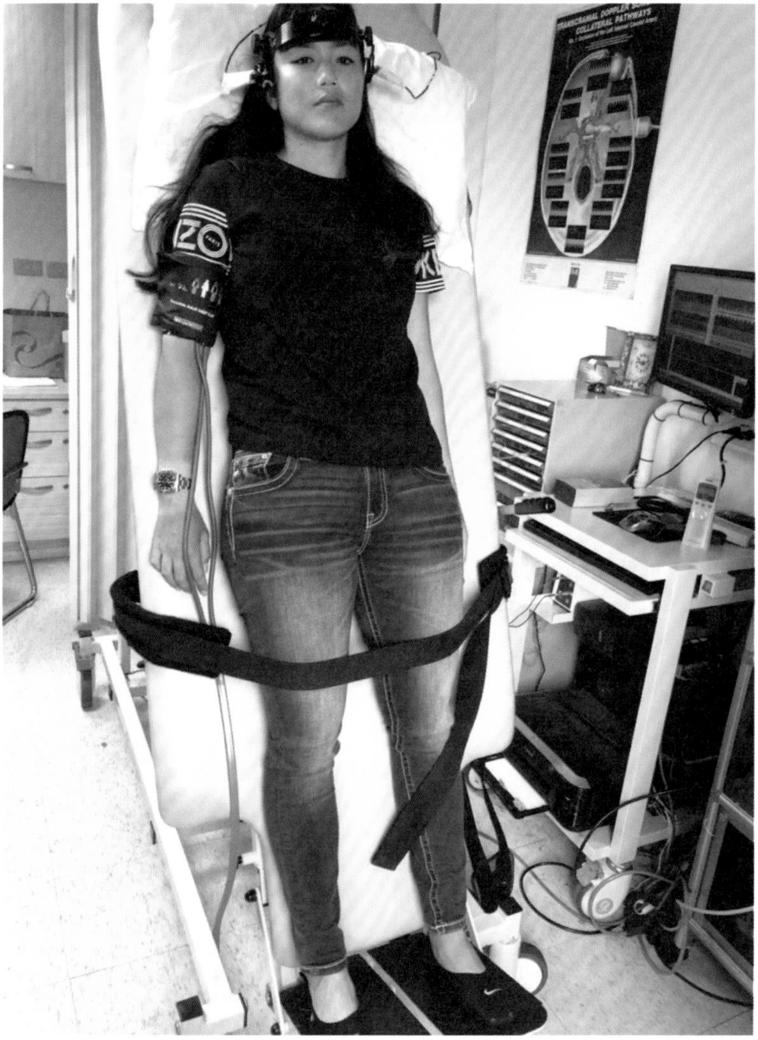

停，中途退賽的情況愈來愈頻繁。去尋求醫師的專業意見。從基礎的血壓一直到心電圖都好好測了一遍，就是找不出什麼問題。第二年的二月，爲了徹底解決眩暈的問題，就下定決心取消了後續賽事，決定即使前面許多醫生也一直沒有頭緒，還是要進行一次徹底的檢查—其中甚至也做了罕見疾病的檢測。

在各大醫院能想到的科別都掛過號，一路求診到了「神經內科」，才發現我的腦血流不穩定，推測是ＰＯＴＳ（姿態性心搏過速症候群 postural tachycardia syndrome, 簡稱ＰＯＴＳ），醫師表示，目前研究對這種病症機轉並不清楚，導因很多，可能是病毒感染所致，而從平躺至站立的不同姿勢的檢測中，會發現下肢靜脈滯留、產生水腫或膚色變深，也發現腸胃道和末梢血管循環不良，有可能爲是心血管問題等。

醫生叮嚀我，ＰＯＴＳ的症狀確實很難捉摸，也許檢查心臟、胸腔……都看不出什麼異狀，可就是會某些日子症狀特別明顯、其他時候又很正常。然而因爲腦血流不穩定，會引起精神不濟、癱軟的狀況，比較能確定的就是在疲累或免疫力下降時，容易產生眩暈的情形。他認爲，我的症狀以前應該也曾經發生過，只是可能沒那麼明顯，加上年紀小、體力旺盛，忍一忍就過去了。

聽了醫生一連串十分專業、詳細的說明，但我其實沒有完全聽懂，而我只關心一個問題：

「醫生，我還能繼續打球嗎？」

醫生想了一陣子，我感覺他好像思考了快一年那麼久！

他抬起頭對我說：「因爲原因不明，醫學上我沒有根治的辦法，爲了妳的健康著想，我會建議妳儘快退役！」

我聽見「嗡」的一聲！又地震了嗎！爲什麼我感覺周圍又在搖晃、旋轉！醫院裡本來明亮的燈光全部熄滅了?!不是，眼前的醫生依然好好地坐在椅子上，這不是地震！

「不行！我們一家人努力了這麼久，我不希望在這個時候退役！」我幾乎是喊著對醫生這麼說！

醫生繼續跟我說：「妳冷靜一下，我知道這不會是妳能接受的方案。目前我們唯一能做的，就是完全地休息，即使無法根治，我會試著去找一些新的療法，至少讓妳的眩暈不要經常出現。」

只好停賽了。這期間我和爸媽跑遍了各科名醫，做遍了各種檢測。每一次去看報告前的心情都十分複雜，很期待找到病因，卻又怕醫生束手無策，甚至宣判我不能再打球；聽到醫生找不出問題，心中大石就是不能放下，但似乎又有一絲希望。

在停賽的日子裡，我不敢看電視、網路和報紙，深怕看到網球的消息，深怕看到曾經一起在球場上合作或交手的人，依然場上奔跑、揮拍，享受勝利的喜悅，甚至承受敗戰的失落，但我只能不是待在家裡休息，就是到醫院看病，常拿著球拍發呆，想著到底什麼時候我才能再站上球場？再怎麼躲，還是無法避過仍然四處征戰的妹妹皓晴，每當爲她不錯的成績感到開心的同時，心裡仍有著落寞。

七個月後，醫生的新療法產生了一些效果，認爲我可以再度投入比賽。

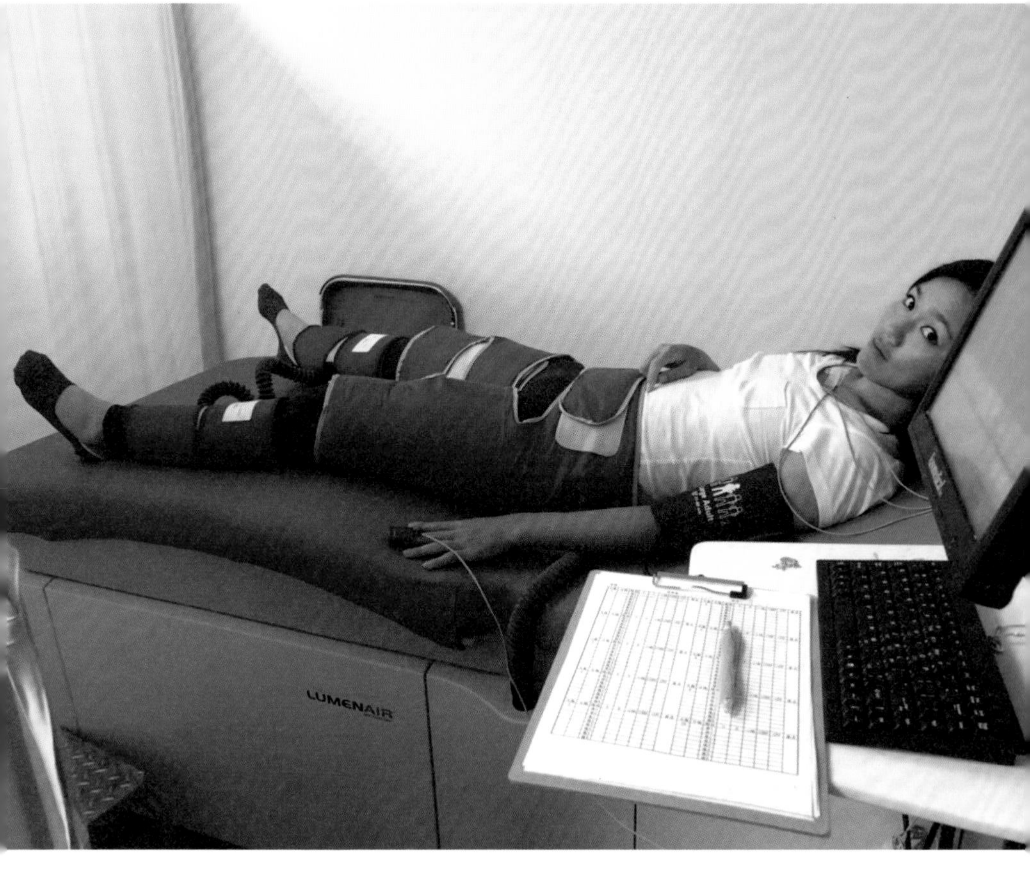
LUMENAIR

二〇一三年的生日當天，當我走進等待許久的美網球場時，好像重生了一般！象徵著一個新的自己、新的開始，也象徵著走過傷病的幽谷，自己加更堅強。從單打會外賽起步，帶著興奮又有些小心翼翼的心情，一球一球地應付著對手，也觀察著自己的身體狀況。當我獲勝的那一刻，我開心到像是已經拿下了大滿貫的冠軍！

確實眩暈比較少發作了，但我的體力卻似乎愈來愈無法應付比賽，常常打到尾盤就氣力放盡。趁著回台複診，醫生跟我說：「妳如果眞的還想繼續打球，我會建議妳不能再單打、雙打都去拚，這樣妳的體力負擔太大，妳只能挑其中一個。」

醫生停了一下，再接著說：

「以妳的身體狀況，還有女單現在的競爭強度，肯定撐不了多久。不是最好，但是唯一的選擇，是專攻雙打。」

走出了診間，全家人坐在醫院的長椅上，沉默了很久、很久。我想起強震之後，爸媽很愼重地問我是不是眞的想打球的那一刻、我想起我撐過了多少嚴格的訓練、我想起在澳網和美網離冠軍都只差一小步、我想起我是從十幾歲起，就媒體被形容爲「打不死！」的詹詠然，過往的喜悅、辛酸歷歷在目，我哭著跟爸媽說：「我要繼續打球！即使要放棄單打，只要能繼續打球，也沒關係！」

二〇一六年起，我開始專攻雙打賽事，從此無緣往捧起大滿貫女單冠軍獎盃的方向前進，但能夠繼續走在網球的路上，讓我依然感到十分幸運，也感謝在我身邊給予最大幫助和支持的每一位朋友。我的方向無比清晰，看見自己一步一步前進也帶來極大的喜悅，爲著能堅持下去，即使不得不放下些什麼，即使有著些許遺憾，也不會感到後悔。

生活中總會發生一些無法預料的事，迫使我們放下並做出選擇，我們無從反抗那些遺憾，只能接受挑戰，而用什麼方式和態度去面對，也象徵著我們是否能蛻變爲更有力量的自己。期待每一位朋友，都能在面對困難抉擇的同時，找到生命裡那條清晰的路徑，更堅定地向前走。

EVA AIR

▽

記得我是誰

決賽前的 Locker room 裡，我站在鏡子前，擦完防曬乳，收拾好化妝包，鏡中映照出我乾淨俐落的馬尾，描繪細緻的眼線，纖長有神的睫毛，一如往常地，我整理好自己，等待上場。

通知上場的廣播響起，我再度望向鏡中那張看了無數次的臉，那張會以各種名義或目的出現在各種影片中的臉，只有此時此刻是真實的，我認真地看著她，輕輕地說：「詹詠然，妳是特別的，要記住你是誰。Today is your day。」

走到門邊，再一步就踏入球場，聽著觀眾席上的鼓譟聲，我瞇起眼睛看著明媚的陽光，場內傳來主持人的聲音，介紹我出場。踏進球場前，心裡突然浮現一個聲音：

「我是職業網球選手，我是詹詠然。」

「關你屁事」&「關我屁事」

二〇二〇年，因爲新冠肺炎的關係，WTA三月份宣布停賽，因此我在三月份打完聯邦杯之後就一直待在台灣，從十幾歲轉爲職業選手之後，就不曾在台灣連續待這麼長的時間，就趁這個機會和一些平常只能靠網路保持聯繫的朋友們好好聚聚。在和朋友們聊天時，常聽見他們講到長輩催婚的事：

「怎麼還不交個男／女朋友啊？」

「你怎麼還不結婚啊？」

「年紀也不小了啊?!」

「眼光別那麼高啊！」

「你看那個誰誰誰，小孩都那麼大了……」

「我朋友那個誰誰的兒子／女兒很不錯啊，改天給你們安排一下。」

「別嫌我囉嗦，這可是爲你好……」

雖然並非抱定單身到底的志向，但因爲還有著許多精彩的生涯規劃，朋友們不會爲了這個問題而感到缺憾，但這一類的「關心」不時出現，著實讓他們困擾不已。

或許因爲我正在職業選手生涯的巔峰期，身旁長輩們都很「知趣」地不談及催婚這個家族聚會常備話題，不過我仍然會遇到一些類似的情況。就像三月開始停賽，即使後來美網和法網決定要舉行，考量到許多國家的疫情仍然很嚴峻，我仍然繼續留在台灣訓練。有一天在球場遇到一位認出我的阿伯，我們之間就有一段簡短但有趣的對話：

「妳沒去打法網？」

「對啊！因爲疫情的關係，所以沒去。」

「啊～美網都打完了吔！」

「對啊！」（面帶微笑）

「義大利公開賽都在打了吔～」

「對啊！這也不代表我要去打法網。」（微笑）

我那時想著，就當成這位阿伯很希望能看到我在法網出賽吧！即使這段對話讓我的心裡冒出很多沒說出口的潛台詞，但是我仍然給他一個尷尬又不失禮貌的微笑，稍微欠身，以對他讓我不知如何回應的關心表示謝意，然後快步站上發球線。

從小我其實很在意旁人眼光，幸運的是，除了學校的課業之外，爸媽並沒有強逼著我去學習什麼才藝，而是鼓勵我去探索，即使我是因爲很期待受到大人鼓勵、讚賞而用心學習，但畢竟這些都是自己想學的東西，所以也不構成什麼壓力。

直到我認定要打網球，而不只是一週兩、三天的輕鬆玩玩，也從這個時候開始，征途的兩旁不再只有讚美和肯定的聲音，負面批判也成爲一波波讓我踉踉蹌蹌的音浪，腳步無法輕鬆愉快。這種聲音也許本身不直接帶有殺傷力，但在意旁人眼光的心態曾經是驅使我不斷上進的動力，當我追求心目中遠大、美好的目標時，內在的「上進心」卻成爲最大的敵人，會不斷檢討自己，別人的聲音又會更被放大，也帶來傷害。

因爲周遭許多人的幫助和支持，也因爲我無比耐磨的性格，撐過了嚴苛

的訓練，網球場上的成績逐漸受到關注，也漸漸成爲公眾人物，周遭的聲音不再只來自那些認識的街坊鄰居、親朋好友，不同的聲音以各種不同的方式傳來，有支持、鼓勵的聲音，當然也有批判、攻訐的聲音，而且通常會莫名地被放得更大。

我想，我的朋友們被催婚之所以會感到煩躁，除了因爲交往、結婚並不在他們目前規劃清單上前面的位置，只是由於長輩們日常生活裡到接觸到的領域、議題和他們的生活差異很大，只好從最容易想到的話題著手，加上我的朋友們內心其實知道這些長輩是眞的出於關心，也相當重視他們的看法，所以不會斷然地無視他們，使得內心感到了拉扯、煩躁。

還有的朋友在職場上被冤枉，被誤解，遭到旁人不明就裡的批判，用詞甚至丟失生而爲人的基本底限！無奈的是，人似乎很容易自己落入負面想法的漩渦裡，使得批判、攻訐的聲音在一圈又一圈的螺旋逐漸被強化，感覺似乎無時無刻都有人對你指指點點，走在街上好像每個路人都可以對你射出利箭，爲著他們心中所認定的事實對你宣判！

有一度我因爲這種聲音不想再披上代表隊戰袍，但當時媽媽就提醒我，你打中華隊是爲了那些人？還是因爲這是你的夢想？是你的目標？是你的榮譽？他們怎麼說跟你的目標沒有關係，如果因爲這些話你就放棄，他們不就得意了嗎？不就證明他們的影響力了嗎？

道理都懂，但在扛住這一切的時候其實內心很辛苦，會一直懷疑自己，會一直在問自己爲了什麼？小學提早下課去打球，就會被講成是去玩；國中的時候常被教練叫出來示範，也會聽到其他人的閒言閒語……許許多多的事讓我想通了一個道理：優秀代表要超越同齡者，會給別人帶來壓力，會讓人覺得你壓縮到他的空間，就對你產生敵意，你只要有上進心，成績和別人不同，就會面臨這樣的功課。

其實那些人的存在，就是要突顯你是爲了自己而努力的。確實，人在那個世界與你對立的環境當中會迷失，會一直檢討自己是不是錯了？是不是能力不足？想通這個道理確實需要花時間，但只要冷靜下來，會發現這些人其實是證明你做的選擇是對的，是來告訴你，你多麼與眾不同，多有影響力。

如果你連這些人帶給你的影響都不能抵抗，你要怎麼影響其他的生命？

這個功課很大，而且不會因爲你愈成功而變得愈簡單，反而是變得愈困難，而且會是你一輩子要走的路。尤其處在風暴之中，肯定會期望這時有人爲自己發聲，但當妳發現那些知道眞相，或是有足夠權威的人沒有站出來爲你辯護，會感到特別孤單。我曾經埋怨過這些人，但事後我也會想這些人的處境，適不適合替我說話。如果爲我說話是要賠上他的事業、賠上他所珍視的東西，他這時的沉默已是最大的支持。畢竟沒有辦法去埋怨別人沒有像你的勇氣，也許他的人生還沒有這樣的經歷，心理沒有準備，不知道該怎麼處理。

這也是我學到的，一個人對你好、欣賞你都有程度上的不同，他沒有理由要全然用你認爲好的方式對待你，不能以自己的標準去要求別人。要是我去恨當時沒有爲我說話的人，如今我可能一個朋友都沒有。畢竟我不能去強迫他們講出我想說的話，但只要他們還願意在我身邊陪伴我，那就是最好的安慰。

因此，能不能隔絕、放下自己對別人的預期是很重要的，就像很多人

ＰＯ了文會想去看有多少人按讚，社群網站上有人留言就會想要去刷，但不可能所有的人都會說「妳好棒」，反而常常更多是「啊不就好棒棒！」這種酸度破表的留言！長大之後會發現很多人想法跟你不一樣，有些人甚至明知道傷害你也沒什麼好處，但就是會想來傷害你。

設法分辨對你友善的、不善的，放下「一定要成爲一百分的自己」、放下「對自己和對別人的完美主義」，否則珍貴的「上進心」會被消磨殆盡。記得該記的，有價值的，緊盯著心中所認定的目標。也要有忘記的能力，不可否認，有些事是很難忘的，尤其是因爲失落而帶來的傷心、因爲傷害和誤解帶來的痛苦、因爲在風暴中舉目無援而感到的孤獨，但至少努力往這個方向走，受了點傷，或許也無礙，但學著「斷、捨、離」很多外在和自己內在的小聲音，讓我能保持心靈上的輕盈，專注走我要走的路。

每當我又再度陷入負面音浪的漩渦，就會再次抬頭看看目標，提醒自己要去哪裡？也會回頭看看曾走過的路，想想自己當時爲何出發？只要心裡清楚了，就算有負面情緒，也能接納自己，甚至接納旁人一切言語，卻不至於

因此煩躁、怯步。就像我清楚因爲疫情而不參與兩個大滿貫，即使面對旁人再三的追問，也能淡定以對。

說到底，要怎麼回應那些令人不知如何回應的關心？我想起《蔡康永的情商課》裡的一段話：當我必須專注、又必須繼續待在這繁華世界熱鬧人群裡的時候，我心裡經常開動一對安靜的雨刷——一邊是「關我屁事」，另一邊是「關你屁事」。

出這本書，可以預料到會有很多人表達不同看法，甚至不以爲然。我爲此先行謝過；然後，還是會用微笑面對——尷尬又不失禮貌的那種。

儀式感

賽前三小時，我剛練完球，讓肌肉活動開來，也讓它們記住和熟悉與我的搭檔一起擬定的戰術，爲晚上的比賽做好準備。

換下只會在練球時穿的短袖、短褲，沖完澡，我穿上網球連身裙或短裙，這是長期以來我認爲該是比賽的樣子，是我的「戰袍」。

休息室裡，我和所有準備上場的選手一起站在化妝鏡前，把長髮梳理乾淨、噴上髮膠、畫上能強調我神情的眼線、睫毛膏，重新調整最愛的耳環、項鍊，把衣服整理出自己認爲最好看的角度。

用貼紮保護曾經受過傷的手腕，再戴上和衣服配色協調的護腕。

我變得專注的眼神會告訴身邊的搭檔、教練、工作人員，這一秒開始，我完全準備好了！

整理儀容，是我和所有職業女子選手在上場之前一定會做的事。對我而言，整理過儀容、準備好自己再出賽，並不只是爲了讓所有觀眾觀賞到好看的畫面，更重要的是讓自己呈現出自己喜歡、美好的一面，能夠瞬間提升自信。

這一連串的固定流程，像是一種儀式，象徵著我重視這場比賽，重視我職業選手的身分，是我心理的暖身。從練球、化妝，到戴上護腕，讓我全身心都預備好投入比賽。

八歲那年，我的長髮被剪掉，那是一個突如其來的儀式，標記著我正式踏上職業選手旅程的日子，標記著我爸爸從此成爲我的教練的日子，標記著全家人有了一個不知道能不能達成，但願意擺上全副身心去努力的目標的日子。

對剛開始專業訓練的我而言，八歲之前都只能算是「玩球」，當需要投入更多精力和專注的時候，從洗頭、吹乾到打扮都要費時間的長髮自然是一種干擾，爲了能把球打「好」，排除干擾是絕對必要的。

現在網球是我的職業，把球打好已有基礎，這時追求的是把球打得「精彩」，於是更專注在技巧的純熟、搭檔的匹配、戰術的研擬，還有讓自己從

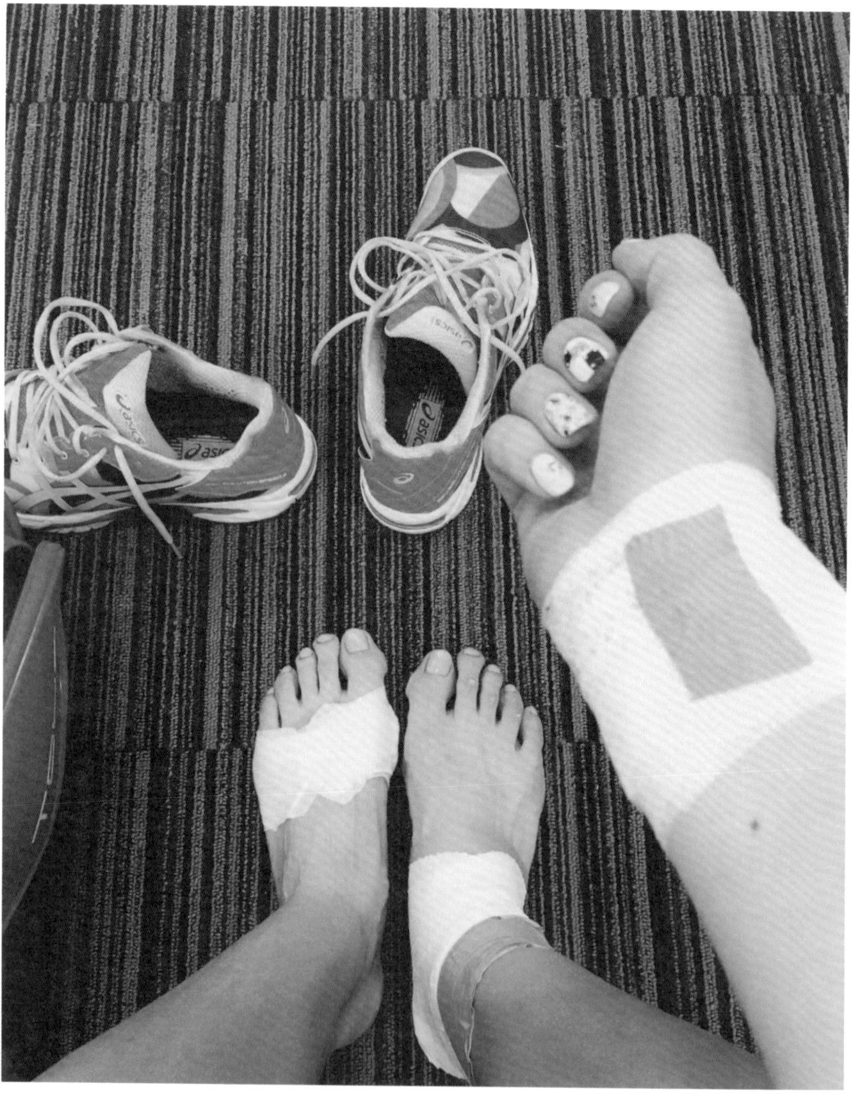

裡到外都變得「精彩」。就像許多專業的女性在工作中都會化妝一樣，顯示出對職場的尊重。在WTA賽事裡，多數賽事執行單位的女性工作人員，也和我一樣會化好妝，穿著套裝，再視工作場地的地面選擇平底鞋或是高跟鞋，在辦公室和多個球場之間來回穿梭，讓比賽順利完成。

小時候為了把球打好，不能留長髮、不能化妝，但是媽媽從那時候就堅持至少服裝要有「儀式感」，不能像很多正在成長的小朋友那樣，穿著過大的T恤和短褲就上場，就特地去買了網球連身裙，讓我在比賽的時候穿。

現在回想起來，堅持儀式感最終並沒有變成對流行的追逐，也是有一段摸索過程的。在我國、高中的時期興起了哈日風，同學們流行穿泡泡襪，拍大頭貼的時候總能擺出很可愛的姿勢，難得有機會一起逛街的時候，就算我換下運動服，改穿T恤和牛仔褲，還是顯得和同學們格格不入。

當然，我會想融入同學們，也曾經有記者問我，在我青少年的時期，沒辦法穿著當季最流行的服裝和同學們出去玩會不會感到後悔？但是因我很清楚在自己追求的是什麼，所以即使有些許遺憾，卻不後悔。我很清楚雖然失去了很多十四歲小孩所擁有的，但是我也獲得很多十四歲小孩沒辦法擁有的。

上場前整理儀容是對工作的尊重，這個心態在我轉入職業網壇之後一直都有，因爲我看著這些排名從中間到頂尖的選手們，每一位都有這樣子的習慣，但實際的問題是：怎麼化？怎麼才能表現出自己的特色？在征戰各站賽事的旅程中，多半只有我和爸爸同行，媽媽不在身邊，但化妝這件事又明顯超出爸爸的專業領域，即使向其他選手學習，也會因爲西方人和東方人膚色、臉型等等的不同，而無法全盤接收。

於是我只好從雜誌和一些節目上找尋相關知識，但其實也只是模仿著化，並不適合自己，更不知道該如何選擇產品，所以有一陣子我很怕看自己賽後受訪的照片或影片，因爲在某些畫面看起來，我的妝也會淪爲「災難」！在幾年下來的磨練，除了比賽有了不錯的成績，也漸漸找到適合運動、不會暈染的化妝品和妝容，成爲我在賽前必定要進行的儀式。

其實在職業選手的休息室裡，我們除了會討論一些跟賽事有關的話題之外，其他的就跟所有的女生一樣，會討論這一季各家品牌網球服的款式，哪家化妝品的好用、不易暈染，互相推薦彼此去試試。也算是一種在緊湊賽程裡的紓壓方式。

我爸爸一開始是很反對我化妝的，因爲在他的觀念裡，花太多時間去打理外表，會影響訓練和成績，但在職業網壇，他看到很多很優秀的選手有各自整理自己的方式，像是阿薩蓮卡（Victoria Azarenka）就很會綁各種辮子，其他如莎拉波娃（Maria Sharapova）、小威廉斯（Serena Williams），以及我曾經搭檔過的辛吉絲（Martina Hingis）都很會整理自己，開始慢慢發現是這一份職業必備的要件，甚至於可以爲選手加分、展現個人風格，被觀眾看見，進而獲得代言機會的事情，所以他也就逐漸的接受。

當然，他也不是一夕之間就全盤接收，畢竟在他的眼裡，選手還是應該要專注在比賽上，我前後兩次穿耳洞，也是在拿了冠軍之後，他才准我去的。就這麼隨著我慢慢長大，他的觀念一點點調整。到後來他還會主動說我長頭髮比較好看，甚至在理髮師不小心剪太多的時候還會問我「幹嘛剪那麼短？」

講了這麼多關於整理儀容的事，似乎會讓人覺得只要把外表變好看了，其他的就可以不用管，但請別忘了，我的儀式是從「練球」開始的，把球打得「精彩」之前，要先把球打「好」。無論如何，內在是最基本的，氣質、談吐，這些都是內在的呈現，有吸引人的內在，再加上精心打理的外表，就是一種專業的表現。

每一個人或許對「化妝」這件事有各自不同的看法，但我相信沒有人會不希望自己呈現出「好看」的樣子，讓關心你的人看到，他們會覺得你應該過得不錯，不用爲你擔心；不認識你的人看到，會覺得說你蠻精神、蠻亮麗的，懂得整理自己可以讓你在人群裡看來不一樣。

拿我很欣賞的網球天王費德勒（Roger Federer）來說，他會引人注意自然是因爲出色的紀錄和成績，以及累計至今二十座大滿貫冠軍的傲人成就，但他優雅的舉止和談吐，會讓人想多聽聽他想表達些什麼。而他也是少數在賽後記者會之前，雖然不會「化妝」，但還是會先整理過再進到記者會現場的男選手。顯示雖然男女方式有別，但打扮外表以尊重自己職業選手身分的心態是一樣的。

除了整理儀容，用一些小動作也能讓自己的生活帶有儀式感，爲周遭環境建立起自己習慣的節奏，讓心安定下來。比方說，我比賽的時候喝水有一定的順序，從右半邊球場走到座位區，我就會先喝水然後再喝運動飲料，要是從左半邊走過來，順序就會反過來。發球前，我固定會拍三下球，這也能讓我在紅土或草地比賽的時候，確認場地是不是平整和球的回彈程度。很多好手也會有這種小儀式，像納達爾（Rafael Nadal）會把每一瓶水的商標正對鏡頭，發球前一定會先摸耳朵，然後摸一下屁股才發球。呵，別想太多，納達爾是我最欣賞的球員，只是他的儀式有些可愛（笑）。

人每一天都在不斷地雕塑自己，小的時候，我們並不清楚自己要成爲什麼樣的人，又或許是想成爲很多不一樣的人，這都得靠一點一滴摸索而來。有不少朋友說，我在八歲就想成爲職業網球選手、十歲堅定這個志向，現在能達成這個願望，是一件很幸運、很幸福的事，確實，我也爲此感到自己很幸運、很幸福，但這個志向也不是憑空得來，而是經過小時候嘗試過許多可能性之後才認定的。

在一路嘗試的過程裡，我會接收到很多方的意見，尋找各種訊息和知識來源，最終還是要回歸到自己，搞清楚自己想要些什麼，在什麼情境下，自己會感到快樂、自在，這樣就不至於隨著潮流浮沉，而是能有自己的想法。

如果還沒有找到自己要什麼，至少可以先把日子過得充實，多看些自己喜歡的書，不管喜不喜歡化妝，每天早上好好整理一下儀容，從裡到外都亮麗起來，讓自己和關心你的人都看起來舒服、有精神。用儀式感展開新的一天吧！

撐過，就是你的！

「我覺得，其實很多時候，很多事情，你撐過去就過了！撐過去就是你的了！」

這句話是我在一次練完球要回家的路上跟我爸說的，那時他就說：「喔！妳這句話說得好！」當時我爸就有一種女兒終於長大了的感覺，而且隔了一段時間之後，他還跟我說：「我到現在都覺得，那天妳講的那句話，眞的讓我感覺妳比我想像中成熟。」

我說這句話的時候，才國小五、六年級。

當時，我們全家從台中東勢搬到北部，先暫時住在林口，而位在林口的體育學院（現已改名爲國立體育大學）也就成了我主要練球的地方。在那裡指導我的，除了我爸爸，還有當時體院網球隊黃文哲教練，他對我眞的非常兇、非常嚴格，能夠跟著他練其實我心裡是對自己蠻驕傲的，畢竟連已經是大學生的選手也沒有幾個人受得了！更要很感謝他的一對一特別訓練，雖然那一段時間自己也不知道怎麼撐過來的……。

黃教練到底有多兇？我只能說，原本對我十分嚴厲，讓我經常練完球邊吃飯邊哭的爸爸，和他相比都只能算小咖！黃教練雖然是韓國人，但他的中文相當地道，被他指導的過程裡，因爲恨鐵不成鋼而罵我「笨」、「白痴」都只能算是家常便飯，他還會夾雜以國語和閩南語爲基礎的「情緒表達發語詞」，讓我這個從客家山城來的小女孩，增添了不少特殊詞彙量。

因爲打球是自己的選擇，和爸媽也有三年內要打出成績的約定，所以爲了能成爲職業選手，我什麼苦都能吃。我打從心底認爲要是教練不覺得你有機會、天分，他就不會花時間在你身上。所以當一個有名又很嚴格的教練肯指導我，這會令我感到驕傲！這表示我夠厲害，扛得住其他選手扛不下來的訓練。

黃教練和我爸在指導我的時候，旁邊的人常常都躲得遠遠的，因爲眞的很「吵」！叫罵的聲音大到附近球場都聽得見，可是每當我練完以後，人好端端的走出去，常會聽到旁邊的大、小選手小聲地說：「哇！練完了吔！」

這給我一種莫名的優越感，而在學校裡沒有練球的小朋友，因爲我提早放學而用異樣的眼光看我的時候，這樣的優越感，也多少安撫了我心裡的難受。

說實話，我挨罵也不是沒有感覺、不會難過、不會想哭，但是一方面我覺得這表示教練對我有非常大的期望，是另外一種看得起我的表現；另一方面，我相信如果我不撐過去，教練正在指導的這些東西永遠都不會變成我的能力，接下來還是會繼續被罵同一件事情！雖然他罵出來的話，會讓你覺得他在貶低你：

「你怎麼這麼笨！我已經跟你講很多次了！你就是學不會！你是不是白痴啊！」

可我就是覺得，正因爲他不把我當白痴，所以他才會罵我「是不是白痴？」因爲他認爲我學得會，所以他才要罵我，如果他眞的覺得我沒有機會，他應該就不會繼續教了，只要我撐過去，我眞的學會了，我就會進階到被罵下一件事情。就算要挨罵，好歹也讓教練能每次都罵個不一樣的……。

但黃教練也不是光有嚴苛，像是當時要爲我的發球動作定型，常會叫我要練習七百～八百球，更要求我每一次發球都要同一個動作、同一個擊球點！等到我練完，把全部的球撿完回到休息室，他就會拿兩袋冰塊來讓我趕快冰敷。一旦他看到我有好的表現，也是會說：「妳今天打得不錯。」當他聽見別人提到我，常會眼神放光，很驕傲地說：「對啊！詠然是我帶的。」雖然用詞有點單調，仍然能感覺得到他的讚許，也給我繼續支持的動力。

在我所經歷的教練裡，和黃教練形成強烈對比的是法國的莫拉托格魯（Patrick Mouratoglou），這位也曾經指導過小威廉斯（Serena Williams），我和他的團隊合作了一年，他用不一樣的方式來訓練我，其中一個讓我大開眼界的是他逼我放年假。

以前還沒有完全轉到WTA比賽的時候，我每年的賽程裡還是會夾雜一些ITF的比賽，這類比賽不在WTA的體制之內，總獎金也比WTA低很多，但還是有職業選手積分，由於很多WTA的賽事如果積分不夠根本不能報名，所以我在轉進職業選手的初期為了爭取積分，會利用WTA十一月左右到十二月底休季的期間，去打一些ITF的比賽。

到了二〇〇八年，我的單打排名已經到達過世界前五十上下，不太需要再為了爭取積分而在休季期間參加小比賽，因此教練就要我放兩個星期的年假。我從小開始打球以來，唯一一次放了大概二十天的長假，是因為八、九歲那年還在東勢的時候，爸爸為了要把家裡的超市更換全新的貨架，忙著工作而沒時間指導我打球才停下訓練。雖然那時還很小也還沒累積到什麼技術，但放完假之後，就發現自己因為太久沒打而變得不會打球了！也因此當我聽到要放兩個星期年假時，覺得很久、很好，也很不敢相信。

等於是天上掉下來的兩個星期年假，我第一個想到的就是以前家族旅遊常去，但轉入職業賽之後就再也沒去過的墾丁。在海邊待了完全不碰網球的兩、三天，我整個人感到放鬆之後又像被充滿電了一樣，於是就傳訊息給在法國的教練，跟他說我覺得休息夠了、可以練了、問他該練些什麼？

他的回訊是：「不行！你要休息。」然後他要我把整個人倒空。他解釋說，因為在職業網壇的經驗久了，知道成為職業選手以後就是一直無止盡地比賽、打比賽……，穿插著還要面對媒體等等許多大小事，況且這是你的工

作，不是打幾年就會結束的，幾年下來人眞的會身心靈受不了，心理壓力會大到就算你贏球你也不見得高興，甚至看到球會覺得害怕和噁心！

他也知道我會焦躁，害怕放完假之後又變得不會打球，所以要我跑步、騎腳踏車，來維持基本心肺功能，但其他的不需要刻意去練。讓自己好好倒空之後，就會眞心渴望去打球，想要回復原來的水平、學習新的東西，這樣練習才會有效率，才會有持續追求勝利的動力。

我認爲已故的黃文哲和莫拉托格魯兩位教練，他們的指導方式即使天差地別，但對我都是重要的！在青少年的養成階段，重點在打好體能和技術的基礎，所以在青少年時期必須要吃得了苦，不能夠太自由。經過高壓訓練之後，才能找到合適的模式，一天一天地把自己的極限變成新的基準點。

我並不是推崇高壓訓練或者是教育，但因爲我們的生活、工作，就是處在非常高壓的狀態，如果平時沒有刻意鍛鍊，碰到挫敗的時候就會手足無措，甚至認爲反正輸贏也沒什麼。可是在當時，我不可以，甚至沒有資格覺得輸贏沒什麼，我沒有辦法像其他的選手可以自然、快樂地成長，因爲我必須要贏！如果想在比賽可以有九十分、一百分的發揮，就一定要有一百二十分、一百三十分的練習才有可能。

在成年後的職業選手階段，爲了要讓職涯走得長久，適時的倒空自己是必要的，但只有眞正擁有厚實的基礎，倒空才會有用，如果本來杯子裡就沒多少東西，倒了也沒想要裝新的東西進來，那就是原地踏步罷了！即使我的外國教練團叫我在賽季末放假，但平時他們給我的訓練菜單分量和強度還是相當驚人，強到我因此而累積出疲勞性骨折！所以，球季結束叫我好好倒空，卻不代表平常對我的訓練是輕鬆的！只是他不會像黃文哲教練那麼兇。

不同的階段，需要不同的訓練方式，在球場上如此，我想，在職場上應該也是如此吧！教練講話的方式可以有所調整，隨著運動科學研究的進步，訓練模式也可以隨之更新，但是我想該要求紀律的階段，仍然該要求紀律，這樣才能建立自律的心態，未來才能享有眞正而且收放自如的自由。

長大後，我深深體會到所謂的自由不是沒有約束，而是找到對的約束。撐過，就是你的。你要先眞的擁有，再來談倒空吧！

好好說話

「說話」在我打網球的路上是個蠻有趣的話題。比賽的時候，我和我的搭檔會需要交換對戰術的意見，或是說幾句話爲彼此打氣或提醒，而爲了不讓對手知道我們的下一步會做什麼？或是現在有什麼麻煩？我們得用彼此聽得懂，但對手不瞭解的話來溝通。

二〇一七年，我和辛吉絲（Martina Hingis）搭檔，一個出生在台灣，一個現籍是瑞士，自然得用英文對話，但爲了避免對手聽得懂，我們會用簡短的代號來溝通；二〇〇七年，我和莊佳容搭檔，拿著外卡在澳網一路拼搏，面對直到八強賽的一票歐美選手，我們可以自在地用國語交談，四強賽遇到了來自大陸，也聽得懂國語的鄭潔和晏紫，我和佳容就改用閩南語對話。現在妹妹皓晴的球技越來越成熟，在我們搭檔的賽事，如果遇上了來自華語圈的選手，只要有可能聽得懂國語的，姊妹兩人就會自動切換成東勢的大埔腔客家話頻道。

對賽事的工作人員、裁判，或是記者們講話就一定要讓他們聽懂了！即使所有賽事的官方語言都會有英文，但不同國家的人有不同的口音，有些會重到你一下子聽不出來他在講英文，除此之外還有一些文化衝擊，像印度人在說 YES 的時候會搖頭，剛開始我會想：這到底是 YES 還是 NO？是在開玩笑嗎？

像是法網，雖然大會官方語言有英文，但法國人在一些簡單的詞還是習慣說法語，例如：YES，會說 OUI（音近喂）。十四歲那年第一次打法網青少年賽，爲了要訂練習球場需要跟工作人員溝通，打電話過去一聽是：喂？當時心裡覺得，太好了！這個人會講中文！就劈里啪啦講一串，然後對面好一陣才回：excuse me？雞同鴨講好久才訂到球場。

剛開始到國外打比賽的時候，因爲原來是從學校學英文，會一直在意該用什麼單字、時態對不對，文法有沒有錯誤，反而讓我不太敢開口。後來都是浸泡在口語環境裡，敢講之後比較容易學到，會的詞彙開始變多了，也沒有特別去記文法。畢竟對外國人來說，他們會因爲英文並不是我們的母語而尊重我們。多錯幾次也沒有關係，也等於多幾次學習，外國人還會跟我說怎麼講比較好。

其實不論用什麼語言，能不能好好聽彼此說話才是重點，我和皓晴小時候就常搭配打女雙，但以前彼此性格都不夠成熟，就算兩人講的是從小在說的客家話，如果在關鍵的時刻誰也不聽誰的，就算能說再多種語言，也還是不可能發揮一加一大於二的效果，無法贏得賽事。

雙打是兩人的合作，但因爲各自的長處和經驗不同，對於比賽也可能會有大相逕庭的解讀，所以能夠形成一致共識的戰術是十分關鍵的，否則就會變成各打各的，無法成爲彼此的支援。要是兩人之中有一個十分強勢，主導、制定全部的計劃，完全無視搭檔的想法，甚至在搭檔的表現發生「亂流」時，用責備的語氣提醒，而不是用能夠讓搭檔放心、站穩腳步的言語，比賽很容易就此搞砸。

在和許多好手配合過之後，我逐漸能夠拿捏與搭檔的相處之道。其中的關鍵在「界線」。當搭檔在場上不穩的時候，最好的方式不是直接伸手去協

助他，而是先告訴他：「不用擔心，我這邊沒有問題。」然後再提醒他即使這小段時間不太順，還是有打得不錯的地方，好好把握目前手上的武器，就有機會逐漸找回自己最有利的狀態。

「說話」說到底還是一種「溝通」的工具，除了傳達自己的意見、需求之外，更進一步的是要能說服、影響對方。拿比賽裡還是難免會發生的誤判來說，除了要能適時表達自己的立場，更要用合適的方式來影響裁判，即使當下沒有得到自己想要的結果，但裁判也會因此而多加留意，避免誤判再發生。

像被判「發球踩線（foot fault）」，這眞的很難去反駁，因爲自己不會看到自己的腳。但這種狀況如果只能對著裁判喊說「我沒有」、「怎麼可能」，其實對狀況完全沒有幫助，反而聽起來像是在耍賴。

經驗多了之後，會聽到有些選手回問裁判：「which foot?（哪隻腳？）」因爲如果知道自己在發球的時候，後腳往前併的習慣不會超過前腳，所以要是裁判說的是你的後腳，就可以反駁他以自己的發球動作不可能如此。當下能不能找到可以準確的表達關鍵字，甚至是回他「it's not the first time.（這可不是第一回）」或是「it's ridiculous.（這太誇張了）」，找到那個「理」，或是對方知道你有在注意，不是個軟柿子，才是有效的溝通。

我更認爲，身爲一個運動員除了追求優異的成績之外，更要好好運用因爲成績而受到的關注，對更多人發揮影響力，當有人把話語權交給你的時候，不止要敢接，還要有能力接。想像一個畫面，你剛剛在一場比賽的冠亞軍戰中落敗，即使你對自己的表現感到無比懊惱，也只能在場上的位子等待幾分鐘後就要舉行的頒獎典禮，領取亞軍的獎盃並且致詞，當賽事主持人把麥克風交給你的時候，你有沒有膽量去接？這種畫面，也算是職業選手的日常之一，當麥克風遞過來，不可能讓你上演微笑婉拒的戲碼，更不可能容許你說「我不敢」！

然而在敢的同時，平時沒有準備、沒有內涵，就不可能講出得體的話，在那個場合，不太可能會有人可以拿出預先準備好的致詞稿，畢竟前一晚你的焦點應該全部放在比賽上，而不是花心思去準備感言，更何況還不能確定自己是不是最後的贏家？這麼短的時間，就算心情再怎麼差，致詞的時候還是要記得現場貴賓有誰？贊助商有誰？感謝主辦單位、恭喜對手，甚至表現一些幽默……不要濫用、浪費珍貴的話語權，這都是要靠平時的累積，才能保持理智，講出得體的話來。

我深信運動員的價值是建立在他的經歷上，但打了這麼多年球，我知道還是有很多人對運動員的刻板印象是頭腦簡單四肢發達，所以當有機會站上台，只有能在很短的時間把自己的想法表達清楚，才有可能擺脫那種刻板印象。

除了能夠影響很多人，最高段的溝通是能讓人形成一種信念。在那場無情的災變之後，我爸媽很嚴肅地問我：「妳真的喜歡打網球嗎？如果妳真的喜歡，那我們要搬去台北、要出國比賽，爸爸媽媽的錢只夠再讓妳打三年，

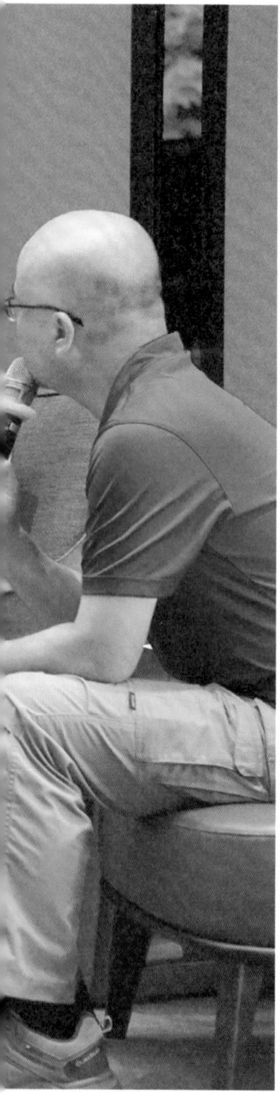

於網球夏令營之座談會分享

KH
JCI 2020
National Convention
JCI 國際青年商會中華民國總會
2020全國年會

如果成績不好，就要回來讀書。妳確定嗎？」當他們把一切的利弊得失都攤在我眼前時，即使我當時只有十歲，但這個自己做下的決定，就成了我的信念，即使搬離熟悉的朋友和親人、去到一個陌生的環境、在國外面對落後的生活條件、三年之內接受極嚴苛的訓練……這些辛苦的際遇都不會讓我動搖，因爲這是爸媽讓我自己做出的決定，這是我的信念。

曾有朋友問我，溝通、影響、信念這些事似乎跟球技、勝負沒有直接關係，爲什麼要想這麼多？因爲我有很多是上班族的朋友，在聽了我和他們說到這些網球帶給我的經驗時，都會提到這些其實對他們的職場生活也很有幫助，說話不只是把話說出去，讓對方聽到就好，而是要看對象，想想一句話該怎麼說才合適。

朋友的話促使我開始從其他的角度來看自己，我一直不想被看成「只是一個運動員」！我得做一般運動員不會去留意的事，才有可能產生區別。我希望自己做什麼要像什麼，當我站上講台分享，就要能好好地說自己的故事；接受採訪，就要能展現符合專訪內容的氣質；跟年輕選手分享時，要有前輩的樣子，說出有條理、客觀的建言；出席有小朋友的公益活動時，就要有姊姊，甚至媽媽的樣子。

即使沒有學習過演講技巧、沒有受過如何應對媒體的訓練、也沒有經過幼稚園老師的培訓，但爲了能成爲一個不一樣的運動員，即使我只有六十分的把握，但我會用想達到一百分的心去準備和嘗試，而不是等完全準備好才執行，實際的表現如何就回頭檢討，這些經驗就會成爲下一次進步的養分。人生中很多事，我們不也是這樣一點一滴學習來的嗎？

職業選手的生涯或許可以很輝煌，但相比於生命旅程卻實在很短暫，如果退役之後只能在家回憶在球場上曾經有過的風光，實在很浪費生命！能在親身際遇裡悟出些許人生智慧，是很棒的事。

人生不是得到，就是學到，球場上沒有所謂的輸家，只有放棄學習、精進的人才是。這些我在球場或旅行中體悟到的事，並不是非得要成爲網球選手或運動員才能體會，相信只要多加留意，就能在工作或生活中的日常片刻發現到。期待有一天，能聽見正在讀這本書的你，分享屬於你的體悟。

對手是誰

不知道正在看這本書的朋友有沒有用「完全中立」的心情看過網球賽？就是你完全不認識對戰的雙方、不知道他們有什麼輝煌的來歷、認爲當中誰勝出都無所謂，只是單純地、淡定地看著球賽的進行。和這種心情形成對比，當你爲比賽的其中一方加油，當他打出一記好球，或是發生失誤，你會爲之歡呼和懊惱。如果，你就站在場上比賽，心情肯定會比坐在場邊當觀眾更容易起伏。

不論是觀眾，或是上場運動的球友，扣人心弦的比賽過程就是網球，甚至每一項運動會如此讓人如痴如醉的地方。然而，當身分轉換成職業選手，或是代表隊成員，這些會讓你爲之激動的心情卻很容易讓我們分心，需要徹底摒除才能在比賽中全神貫注，而這當中最容易讓你分心，還會趁機擊潰你的，卻是自己。

當你站在球場上，最後是自己承受一切的結果，所以需要看清周邊一切來干擾你的幻覺。《分歧者》（*Divergent*）是我很愛看的電影之一，其中的女主角翠絲在面對各種深層的恐懼時，最終都能控制和戰勝，因爲她清楚知道這些只是幻覺，只是測試。當然，現實生活裡不像電影那麼簡單，我也不像翠絲一樣天賦異秉，而在比賽當中，第一個要搞清楚的就是自己到底在跟誰比賽？

從小就看網球、打網球，自然會有很多欣賞、想要和他們學習的選手，當我踏入職業網壇，這些曾經在電視上看到的人就會在賽場和我錯身而過，甚至是成爲我的對手。如果我沒有及時摒除雜念，搞清楚此時此刻我是一名正在比賽的職業選手，就會因爲分心而落敗。

前球后海寧（Justine Henin）二〇〇八年宣布退休前的那場比賽，我和她在第二輪交上手。看著這位世界排名第一，曾經抱回七座大滿貫賽冠軍的傳奇球星，站在她對面半場的我，沒有站穩是在和一位值得敬佩對手比賽的立場，反倒想起她過往的榮耀，心態變回了那個年輕的時候把她的海報貼在自己房間的小球迷。

青少年時和球后海寧合照

第一局我先發球，憑著過去看過很多她的比賽，計劃著第一分發一個近身的反拍，讓習慣單手反拍的她要閃身過來打，這樣反拍位置就會空出進攻機會。在我發出一個頗快的球之後，卻眼看著我發過去的球大概落地的同時，球居然已經打回來，落在離我兩步之外的位置！心裡一邊讚嘆著，也一邊擔心著接下來兩盤我要怎麼打？

我眞的打出很多一般選手根本已經不會追，或是追不到的好球，但我就眼睜睜地看著她追回來，讓我吃驚到打不出足以致勝的下一球，反倒被她逆轉了那一分。我又是一邊讚嘆、一邊責怪自己為什麼不專心，而且我居然會覺得能和她打球「好棒喔！」那場在紅土球場上的比賽，我就像個座位在發球線上的觀眾一樣，忘了自己是正在比賽的選手，後來比數是6-0、6-2，我輸得很慘！那場球就像是一記在我身上留下印記的強襲球，著實讓我得到了教訓。二〇〇九年的海碩盃女網單打決賽，我當時的世界排名因為骨折養傷跌到了百名之外，面對的是名次高我一截的日本一姊——森田步美（森田あゆみ，Morita Ayumi），我們其實相識很久，感情超好，對彼此的路再清楚不過。當天賽前練習的時候，為了能讓沒有陪練員的她可以充分練習，我們還一起練球。當然，這是因為我們的交情好才會這麼做，但也是因為我很清楚此刻場上眞正的對手是誰。在激戰了三盤之後，我拿下了最終勝利。

二〇一三年的美網，我終於能和從小學起就很仰慕的辛吉絲（Martina Hingis）交手。我十三歲那年在澳網球場外看到她，當時興奮地抓著我爸的衣服一直喊著：「那是辛吉絲、那是辛吉絲……」她聽到後對我笑著打招呼，我之後還興奮好幾天！即使她在我心中的分量如此之重，有了二〇〇八年的教訓和海碩盃的經驗，我站穩上了場就和她是對手的立場，專心運用長期觀察她打球的心得，最終贏下比賽。

這個功課也不是學會一次，就終生不會在球場上走神，而是要每一場比賽都要提醒自己，尤其是我有個時而是搭檔、時而是對手的選手妹妹。二〇一七年美網的四強賽，我和辛吉絲遇上了皓晴和張帥這組搭檔，這場比賽對觀眾來說是一場精彩的比賽，但在場上四人彼此微妙的關係，讓我剛開局的時候心理狀態不太穩定。

那一年 Martina（Martina Hingis，辛吉絲）和我這個她眼裡的「妹妹」搭檔打得很好，也愛屋及烏地很照顧我的「親妹妹」皓晴，常找她一起練球；張帥是我從打青少年賽時就認識的同齡朋友，而且她有一段時間比較少雙打，需要再熟悉一下站位或是打法，於是我爸爸那一年一直在指導皓晴和張帥的搭配。而且從小皓晴就是會盡全力爭取結果的人，尤其是當我們隔著球網，她和我對打的時候特別狠！所以過去對戰的經驗是皓晴贏我比較多。

姊妹也偶有成為對手的時候

親人、朋友，全部成了最瞭解妳的對手，複雜的感覺讓我有些緊張。這次美網是 Martina 退休前最後一個四大公開賽了，她知道必須要無所不用其極地讓我拿出好的表現，一直跟我強調說：「不要想那是你妹，那是你對手！」有她帶著我發揮，那場球我們最後拿下勝利。

有趣的是下一場的四強賽，遇到米爾札（Sania Mirza）和彭帥這組，反而變成 Martina 表現不穩了，因爲米爾札是她的前搭檔。和曾經搭配很久的搭檔拆開以後，只要遇到都多少會被球迷比較，觀眾也想看看究竟當時誰才是主將，所以她那場球就打的有點綁手綁腳，而且打到四強我也有點累了，一開賽就形成 0-3 落後！但我知道這場球非常重要，必須主動要扮演 Martina 在八強時扮演的角色，提醒她這是一場比賽，不要去想對手是誰，也克服身體的疲倦，還想盡辦法做了很多擾亂對方的假動作，讓 Martina 專注在我身上一直跟我講戰術。那場球雙方咬得很緊，我們辛苦地贏球之後，她非常高興謝謝我能幫她突破這一關。

眞正的對手是自己！這並不是一句不食人間煙火的空話，而是在一場又一場的比賽裡，我體悟到的事情。其實能夠進到職業網壇，只要有一定的經驗，就會發現其實選手的技巧和能力差異不大，臨場的心理素質才是真正的關鍵。

要控制心理素質，說得簡單，做起來真的不太容易。就像遇上了身分對你有另外一層意義的對手，比賽的時候會想太多，誰能儘早發現那些會干擾自己的想法都是幻覺；找回自己是個選手，隔著網的那個人只是自己的對手，誰就能找回自己的最佳表現，全力爭取想要得到的結果。

在場上，自己也會給自己很多幻覺。有時打出去的球沒能去到想要的落點、得到想要的結果，免不了會有些懊惱，以前腦子裡的惡魔會跑出來在我耳邊大罵：「詹詠然妳這個大笨蛋，打得有夠爛，妳沒救了！」這些小聲音常會影響我，把我拖進比賽的「流沙」裡面，失誤、錯判一個接一個地發生，想從中掙脫的努力卻讓自己愈陷愈深！現在我會深呼吸，讓內心的天使出來：「詹詠然，別管上一球，已經過去了，靜下心來，接下來的球一顆、一顆地，好好打出去。」也讓自己冷靜下來。

二〇一七年的美網還有後續，皓晴雖然在女雙的八強止步，但混雙的部

像姊姊的辛吉絲（左）與親妹妹晧晴（右）

份和維納斯（Michael Venus）搭檔打進決賽，而對手是我這個親姊姊那一年的搭檔 Martina，以及莫瑞（Jamie Murray）這對組合。

賽前 Martina 來問我：「妳要坐在哪一邊的親友包廂？」一邊是像姊姊的現任搭檔，一邊是之前的搭檔、未來還要再配合、而且是親妹妹，這個問題讓我猛然間有些左右爲難，但細想了一下，我妹永遠是我妹，從血緣親情和未來數十年的相處，以及「人身安全」的考量（笑），我決定坐在皓晴這邊的包廂。

那場球，兩邊都打得很好，皓晴拚到第三盤才以 10-8 落敗。而坐在包廂觀戰的我，只要忍住爲任何一方叫好的衝動，平心靜氣地欣賞這一場精彩的球賽就好。我想，如果已排除了一切雜念、心裡的幻覺和小聲音，搞得清楚對手是誰，即使站在場上，也能用這樣的心情和視角來面對目前的比賽和挑戰吧！就像我在對海寧的那場比賽裡，我是小球迷——詹詠然，在和皓晴對打時，我是她的姊姊——詹詠然。要好好專心比賽，就得先搞清楚眞正的對手其實就是我自己，不能忘記自己只要站上球場就是職業網球選手——詹詠然。

力量來自於渴望

有時候球季中間回台灣短暫休息幾天，在路上會遇到一些認出我的朋友，他們總是會很熱情地想要跟我聊聊，對話當中也會讓我知道他們有在關注我的比賽訊息和成績，只是有的時候他們的開場白讓我只能用委婉地用「蠻可愛」來形容：

「你怎麼一直拿亞軍？怎麼都不拿冠軍？就差兩分吔～拚一下啊?!」

能遇到關注自己的球迷朋友總是開心的，只是這麼「可愛」的開場白，心裡再怎麼開心，還是想會回這位球友：「我就是有很拚才只差兩分啊！我怎麼會想一直拿亞軍？」

以前曾經聽過一個說法：「詹詠然沒有冠軍命！」算了一下，我拿的冠軍也不少，或許是二〇〇七年第一次打進大滿貫會內賽就接連殺進澳網和美網的冠軍戰，這個歷程太讓人感到驚奇，以至於這兩戰沒能一舉奪冠讓朋友們為我惋惜，也因此留下了我經常與冠軍擦身而過的印象。嘿！光是二〇〇

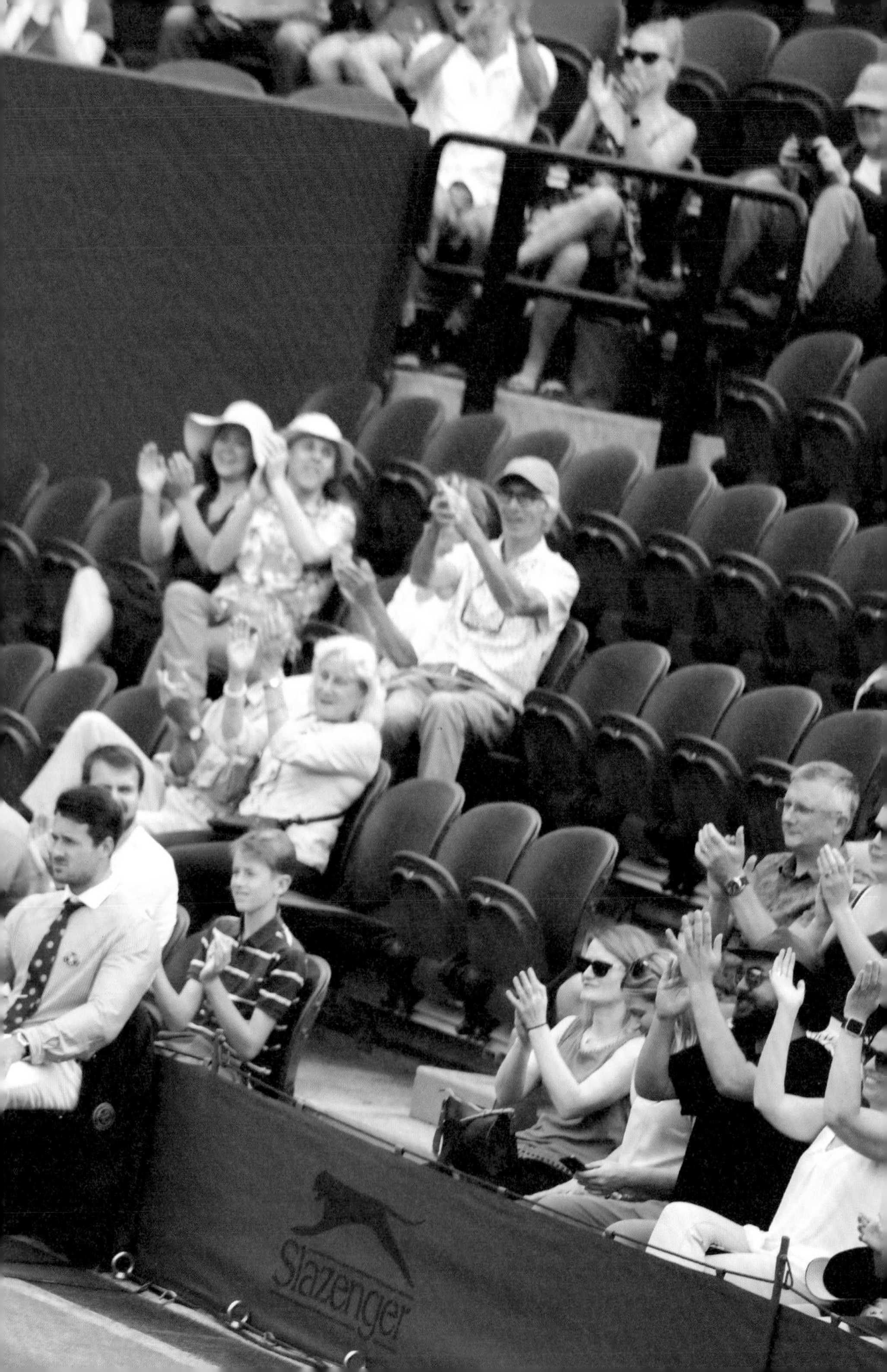
Slazenger

七年，我單打加雙打總共拿了七座冠軍和一面代表隊金牌哦！別再說我沒有冠軍命了。

對我而言，追求勝利是我工作的本質，更是我的日常。從比賽、訓練、飲食、休息睡眠、旅行都是如此，即使我最愛的閱讀，也是爲了藉此提升自己的涵養和心理素質，生活中的每分每秒，都在爲追求勝利準備著。殘酷的是，每場比賽只會有一個冠軍，激烈拼搏之後，看著對手在我眼前舉起那個幾小時前我也有希望帶回家的獎盃，心裡多少不是滋味，不過我從十幾歲的時候就認爲，獎盃並不是那麼重要，凡事是過程才是眞正的價値所在。

當我說獎盃並不那麼重要的時候，有很多人會誤以爲我不在意獎盃、不在意勝利，然而追求勝利就是職業選手的義務，不可能不在意！只是踏入網壇這二十多年來，我愈來愈清楚勝利不會讓我高興很久，因爲轉過下一個禮拜又有新的比賽。

拿我最欣賞的兩位男選手-費德勒（Roger Federer）和納達爾（Rafael Nadal）之間的故事，正好可以說明我對勝利的看法。這兩位目前有如世界網壇帝王般的選手，一直都保持在世界排名的前列，正如兩人持拍一左、一右，風格各異，也各自擁有極廣大的球迷基礎，最爲人津津樂道的，便是兩人的對決史。

費德勒在二〇〇四年到二〇〇八年間，連續二三七週獨享網壇王座，而略爲年輕一點的納達爾則在二〇〇五年至二〇〇八年間，連續一六〇週排名世界第二，在此之間，兩人又經常在場上交手，即使當中納達爾贏得多，但始終離第一的寶座差一步，費德勒有如納達爾登基之路上的巨大障礙！

即使如此，兩人之間並沒有瑜亮情節，反倒是惺惺相惜。二〇二〇年十月，當納達爾拿下法網冠軍，終於以二十座四大賽冠軍和費德勒並列爲史上獲得最多大滿貫冠軍的男選手時，費德勒還公開地在社群網站貼出兩人過去的合照，並留言恭賀納達爾的成就。

我也曾經在選手休息區親眼看見讓我內心被深深觸動一幕。

費德勒贏了球下來，走回更衣室路上，一路跟大家點頭微笑致意。這時，有個選手拿著球拍快步從反方向走來趕著去訓練，在他與費德勒錯身的當下，我看見他們伸出手在低處與彼此擊掌，視線往上才看見原來那位選手是納達爾。

或許這只是閃眼而過的一幕，但在心裡卻深深的被撼動，兩位本世代最偉大的男選手，即使在場上交鋒多年，接受訪問始終都是給予對方最大肯定與祝福，甚至感謝對方讓自己更好。這不是逢場作戲，也不是故作大氣，而是眞心的珍惜對方、替對方高興。

或許他們兩位距離退休的決定已經越來越靠近，但是不可否認的，他們爲我們這個世代帶來的不只是南轅北轍的網球風格、極高的票房或是輝煌的紀錄，而是在這些時刻的背後，他們珍惜彼此、眞心的祝福對方。

我覺得自己很幸運能夠看到這一秒的畫面，也很幸運自己能夠存在於這個網球世代，最強勁的敵人，可以是你最親近的朋友。因爲競爭，對方已成爲自己的一部分，如此的相知相惜，才成就彼此的偉大……當時看到這一幕然後就突然感動到哭了……自己都覺得有點不好意思。

只要我是職業選手的一天，不論我是在球場上、訓練室裡，甚至吃什麼、喝什麼，都是爲了比賽做準備，爲了爭取勝利我會用盡全力。當我捧起冠軍獎盃，心裡確實是開心的，但獎盃的意義是我對這場賽事所付出心力的標記，其後的慶祝並不是重點，反而會去想著要如何複製這次的經驗，下個禮拜能再來一次。轉到下一站，前一站的冠軍並不會得到什麼特權，即使是現任的球后最多也只能獲得不用打會外賽的待遇，或是偶爾才會遇到的首輪輪空，其他的，都是從頭來過！

我一直認爲在球場上沒有眞正的輸家，因爲即使沒有贏得比賽，還是能夠贏得經驗，讓下一次可以拿出更好的狀態、更好的技術，成爲那個配得起冠軍的人！當然，我在落敗的時候還是會難過，有時輸得太慘、太不應該，還會在賽後趁著淋浴的時候就著水流聲偷哭。哭完，還是得冷靜下來想想自己到底怎麼搞砸的？然後移動到下一站，準備迎接新的挑戰。

有位知名運動員曾說，選手選拔賽中有百分之八十的選手心裡想的是「要贏」，剩下百分之二十的選手想的是「不要輸」；但每次被選拔出來的選手，卻有百分之九十五的人來自這少數不想輸的人。因爲，得失心太重，在球場上反而顯得綁手綁腳，發揮不出實力。

我想著的除了「不要輸」，還有「不怕輸」！因爲不怕失敗，才能一直勇敢地追求勝利。即使身爲一個運動員，我還是認爲人生最重要的是經歷，而不是成績。當你遭遇困難，或是遇到了什麼超過自己目前能力範圍的難題，肯定會希望能找人給你指點迷津，但你一定不會希望來的是個一生平安順遂、心想事成的人，因爲你很難相信這樣的人可以在患難中給你什麼值得參考的建議，反而是曾經有過一段摸打滾爬人生的人，會在此刻値得你信任。

我認爲，球場上的勝利是由許多小片段透過努力跟細節去堆疊而成的，而所謂的人生勝利是一個更大的目標，能夠把生活過得好過得有品質，做一個好的人，這是人生上的勝利。人的價値不能用勝利去定義，勝利只能證明你的地位、紀錄、成績，但是沒有辦法解釋你是不是好人？是不是善良的人？

所以我覺得更重要的是怎麼樣活成你自己想要成爲的人。遲早有一天我會跟選手身分說再見，或許網球會一直陪伴著我，但賽事將不會是我的戰場，如果贏了很多比賽卻沒有享受這些經歷，那麼你就沒有在人生這場比賽爲自己贏來什麼，但是如果有去享受這些片段、過程和學習，那才是眞的可以握在手上的勝利。

我並非因爲站上過世界排名第一的位置，才有這些聽起來似乎比球場上的輸贏更寬廣的勝負觀。當我在二〇一二年因爲病毒感染而引發ＰＯＴＳ（姿態性心搏過速症候群 postural tachycardia syndrome，簡稱ＰＯＴＳ），超過大半年沒有辦法好好打球，甚至是影響未來職業生涯時，我就有了這個體認。在那之前，我至少有三次叩關大滿貫的冠軍，卻都功虧一簣，這樣的勝負觀並沒有讓我從此不屑勝利的滋味，反而因爲看清楚勝利的眞正意義和失敗的價値，讓我產生更大的渴望和力量。

戴晨志博士有一本書名叫《力量來自於渴望》，這句話也被貼在我房間的很多角落，鼓勵我很多年，因爲你有多渴望一件事情，你就會多投入。曾經有位老師跟我聊到，他見過很多認爲自己的生活很平庸，也覺得自己很可惜沒有什麼做爲的人，他發現這樣的人大多很想成爲自己理想中的人生勝利組卻又害怕失敗，於是就在不斷的抱怨中任由時間流逝。老師說，這些人眞正的問題就是在於「怕輸」又「不認輸」，把力量都花在抱怨上，也因此漸漸對自己想要的勝利和成功失去了渴望。

其實失敗並不是不好的事，反而是最自由的狀態，因爲在追求勝利的路上，你可以做任何事、換任何一個方向設法把自己帶往正確的道路上。既然如此，就不用害怕失敗，或許會難過、會失落，這都是人之常情，最重要的是能否認清自己心中所渴望的到底是什麼？能不能在心目中清晰地描繪出那幅美好的畫面？你的人生故事又希望是什麼樣的結局？

清晰才能看見方向，才能看見路途，即使遇到失敗也不會因此懷憂喪志，因爲你會知道停在這裡不是你的目的地，只有收拾散落的行囊，看看這一趟有什麼收穫，然後繼續往前走，只有不怕失敗，才能一直勇敢地追求勝利。

我相信每位朋友都有自己所渴望的、所堅信的，也有發自內心，源源不絕的力量，但唯有再加上堅持，才能把時間變成自己的朋友，一天一天更靠近心中所追求夢想和理想。

Taiwan Mobile
EVA AIR

人生在於累積故事

有一次受邀去公益社團演講，活動之後社團幹部希望我把自己的故事和生命經驗編輯成書，因爲這樣可以鼓勵到更多身在幽谷之中，卻無緣聽到我演講的人，她也把一個正在關心的眞實個案故事告訴了我。

一個曾經容光煥發的少年，在學校裡是羽球好手，出色的表現不止獲得全校師生的注目，他的身影也在幾場大賽之後，映入了代表隊教練的眼簾。本來有著大好前程，但因爲家人反對他繼續在羽球的路上發展，他和家人經常爭吵。家人、羽球，都是他的最愛，左右爲難之間他不知該如何是好，一時昏了頭，他沾染上了毒品！所幸，他並沒有讓自己一直沉淪下去，經過一番努力之後終於成功戒毒，再度走回到光明的正軌上。無奈，那段擺脫不掉的晦暗過去令他求職的時候經常碰壁。有幾次他的雇主無意間得知面試時沒問，少年也沒有特別提起的這段「黑歷史」，便開始對他投以異樣的眼光，令他覺得難以再度融入常人的社會裡。

同樣身為運動員，我為這個少年無法繼續在場上發光發熱感到惋惜，但幸好他成功戒毒，也很積極地想要回到正軌，於是我請認識這位少年的社團幹部除了繼續關心、陪伴他謀職之外，也要鼓勵少年因為克服心魔、走出黑暗而感到驕傲，因為他慘痛的過去可以喚醒正身陷深淵之中的人，是拉拔另一個靈魂回到陽光之下的有力臂膀。

人都有盲點，有時自己身處當中會感到迷茫，然而從聽其他人的故事和閱讀，會能夠讓自己發現如何克服心魔，把弱點變為強項，成為能夠帶來正向影響的力量。《打不倒的勇者》（*Invictus*）是我非常喜歡的傳記電影，片中提到已故的前南非總統曼德拉，曾經因為對抗種族隔離政策而坐牢將近一萬個日子，出獄之後當選總統，他首先原諒那些把他關進監獄的白人，其後大力推動的一件事，居然是趁南非主辦世界盃橄欖球賽的時候，希望全國人民——尤其是占絕大多數的黑人，能夠支持這支身著綠金色上衣，以白人為主，不斷提醒著種族隔離政策過往的南非國家代表隊——跳羚隊。

曼德拉曾經說過：「運動足以改變世界，也足以激動人心。運動也具備無與倫比的力量，可以將人民團結在一起。比起政府的力量，運動更能打破種族藩籬。」當跳羚隊在決賽中苦戰擊敗當屆最被看好的紐西蘭黑衫軍時，他穿著全身跳羚隊的綠金色制服，和球隊的白人隊長握手，一起捧起冠軍獎盃，這個畫面向全南非，甚至全世界傳達出一個極有力量的訊息：One Team One Country（團隊即是國家），而這份足以感動全國人民，甚至全世界的力量來源，就是曼德拉即使經歷過不公、帶來傷害的人和事，還有那段長達二十七年、難見天日的囚禁歲月之後，仍然堅守不移的信念。

在電影裡，曼德拉把一首支持他撐過二十七年囚禁的詩，交給了跳羚隊的隊長，詩是這麼寫的：

Invictus **《打不倒的勇者》**

Out of the night that covers me,　夜幕低垂將我籠罩，
Black as the Pit from pole to pole,　兩極猶如漆黑地窖，
I thank whatever gods may be,　我感謝未知的上帝，

For my unconquerable soul,	賦予我不敗的心靈。
In the fell clutch of circumstance,	即使環境險惡危急，
I have not winced or cried aloud.	我不會退縮或哭嚎，
Under the bludgeonings of chance	立於時機的脅迫下，
My head is bloody, but unbowed	血流滿面我不屈服。
Beyond this place of wrath and tears	超越這般悲憤交集，
Looms but the Horror of the shade,	恐怖陰霾逐步逼近，
And yet the menace of the years	脅迫經年持續不斷，
Finds, and shall find, me unafraid	我終究會無所畏懼。
It matters not how strait the gate,	縱然通道無比險狹，
How charged with punishments is the scroll,	儘管嚴懲綿延不盡，
I am the master of my fate	我是我命運的主宰，
I am the captain of my soul.	我是我靈魂的統帥。

——William Ernest Henley 威廉・亨利（英國詩人，1849-1903）

痛苦是一份外表有著醜陋包裝的禮物，收件人是你，也可以是包含你在內的更多人。生命的旅程中，肯定會遇到時運高低、災禍、傷病，如果能夠把負面的經驗轉化爲正面的想法，就能產生巨大的力量。

在球場上，我每天都在面對競爭、面對勝負，每個上場的選手都想要，也都認爲自己能夠贏，可惜，每場比賽的勝利只會屬於其中一方。如果輸了，甚至是輸給一個怎麼看都不會輸的人，卻因而沉溺在自己的失敗裡從此一蹶不振，這個經驗就只會在生命裡留下傷害和痛苦，並且把你仍有的能力一點一滴地啃蝕殆盡。如果在輸了之後，能夠平心靜氣地分析自己，發現到底是哪裡搞砸了？認清楚自己不是輸給一個對手，而是因爲自己的失誤、不正確的判斷、或是技術不足而落敗，這樣就能戰勝自己的心魔，爲成就下一場比賽的勝利、爭取下一座獎盃做好準備，也能把這個經驗分享給更多的人，帶給別人力量。

二〇一九年九月二十一日，日本大阪，泛太平洋女網賽。

這一年是我和皓晴從二〇一七暫時拆開，期望藉由不同的搭檔以尋求更新的學習和刺激以來，再次合作的第一個完整球季。相隔將近兩個球季，皓晴打法變得更多元，我們的合拍更加流暢，參加了十八場比賽，有十一場進入八強或以上，在大阪的這場比賽，我們一同拿下了今年第四座WTA冠軍。

帶著開心的心情，我和皓晴走進賽後記者會現場，當地的記者們關注的焦點主要在四強賽，我們和日籍選手土居美咲（Doi Misaki）和日比野菜緒（Hibino Nao）在第三盤打到搶十的激戰。在接近尾聲的時候，一位日本記者提出了一個令我和皓晴，甚至在場其他媒體朋友也都意想不到的問題：「我們知道今天對兩位有更深層的意義，在九二一大地震二十週年的這個日子，你們姊妹拿下冠軍。日本的地震也很多，妳能不能跟大家講一講妳們的故事？」

這應該是我第一次對外國媒體講這一路以來的過程。

我知道有不少網友批評我，認爲我一直在藉由九二一這件事來裝可憐，或者是塑造自己有多偉大、多了不起。也許在中部之外的縣市，對許多人而言那一百秒中經歷到的只是比以往劇烈的搖晃、只是隨之而來的停電、停水和因此造成的生活不便。沒有從斷垣殘壁中逃離、當中也沒有任何哭喊、流血、流淚、沒有任何生離死別。某些朋友所經歷的那一百秒，也許就是一場「比以往大一點的地震」，但是那一場震災的的確確就是我和全家人的命運轉折點，這是沒有辦法抹去的事實，就像在東勢我們家所在那條短短幾十公尺的東蘭路上，不到二分鐘的撼動，幾乎所有的房子都全倒，有二十二位鄰居在那一夜罹難，其中也包含很多小朋友，有幾位是我同學，這一切都是我親眼所見，至今仍難忘卻的事實。

這些影像、事件，以及曾經認識但因而離去的人們，都仍然留在我的心裡，提醒著我，要繼續活下去，要更堅持我的夢想，我要爲那些沒有機會完成夢想的人去努力，爲認定自己的人生已經被九二一摧毀的人努力。如果那時候我們全家人是整天自怨自艾，哀嘆著強震給我們家帶來多大的損失，重建又是如何的遙遙無期，或許至今也無法走出一條新的道路，展開能夠自立的新生活。

我感謝上帝，讓我們全家人幸運而且平安地經歷這場的劇變，也讓我在這二十多年來，在球場上奮鬥的時候更多了一份動力與感激，在面對傷病困擾的時候，沒有因此而失去信念。雖然我贏的每一場球、拿下的每一座冠軍都無法減輕曾經帶來的傷害與悲痛，可是我始終相信我在球場上的努力，能給我自己和曾經歷過這種悲傷的朋友們，帶來一些希望和力量。

我們每個人都有屬於自己的難關，也都有心裡的仗要打，別輕易地用所看見的片面去定義一個人，因爲每個人都有自己才清楚的掙扎與懦弱。可能有一些人還身陷工作的、家庭的、感情的、人際關係的、甚至財務的困境之中，或許還有些人經歷了許多失敗，懷疑自己的力量在哪裡。但只有在親身經歷之後，不假裝無視痛苦，並且接受它的存在，才能打開那一層又一層醜陋的外包裝，知道該怎麼運用你得到的這份禮物。

你的日子如何，你的力量也必如何。《聖經》（申命記 33:25）

如果把目光向外看，想著有人和你正經歷同樣的試煉，反而能找到受苦

的意義，因爲經歷的苦難愈深，安慰的力量愈大，或許還可能影響別人的生命。若是有一天，能夠笑著說出過去那些令你痛苦至極的事，就表示已經明白當中的意義，已經走過了一段或許辛苦，但更廣闊的人生。

人生的精彩，在於你累積多少故事。

有故事可說，就是美好的人生。

留意那些美好

球場是一個高度競爭的環境，爲了不讓對手看穿我現在的心理或身體狀況，多年下來，我學會了在場上就擺出一副沒有表情的「撲克臉」；比賽結束之後，也得用適度的笑容，壓抑因爲勝利而有興奮，或是掩飾因爲落敗而來的失落，維持應有的風度。

即使如此，並不代表我對周遭的事物全然不會有感動。現在我學著如果不在賽場，就要把動作放慢，爲了好好去經歷，或者是不要錯過生活中的許多時刻，體會看到一道風景、一個人、一部電影、一本書，爲我帶來的感動。

有一次我搭飛機要移動到下一站比賽，座位附近是一個媽媽帶著一個大概五、六歲的兒子。平常搭飛機會很怕同班有小孩，因爲哭鬧的聲音在密閉的機艙裡，會讓整個航程變成酷刑！但那次看到的小男孩，即使扣著安全帶讓他哪兒都不能去，似乎有些不耐煩，卻從頭到尾都沒有吵鬧，只有跟媽媽撒嬌，而媽媽也很有耐心地和他對話。

我被這個畫面吸引住，這幕沒有超強卡司、沒有悠揚的配樂、沒有雋永的對白，只有在母子之間很純淨的愛，彼此就是對方心中的全世界，在他們身上我看到親子之間最珍貴的連結，看著、看著，我就被感動到流下眼淚。下飛機的時候我排在他們後面走，看著他們手牽手一路走進機場，我又被感動到哭。當時我爸在旁邊，看到我在哭還問我到底是要多感性？

會這麼被感動，或許是因爲我想起了小時候和媽媽相處的片刻吧！記得小時候有一次我媽要叫我起床，那天是週末，所以她叫我的時候不是平常要上學那樣風風火火地，而是很溫柔地摸著我的臉，在我耳朵旁邊講話。我在半夢半醒之間，聽著她講著笑話，那個笑話眞的一點都不好笑，但我媽自己一邊講一邊笑，我最後醒過來反而是因爲她的咯咯笑聲。

也許旁人會覺得很無聊，但空氣裡、時光中、甚至在和你不經意擦身而過的場景，都會流動著很多值得令你感動的時刻。如果能夠把自己的心打開就能感受得到這些很多和別人共鳴的感覺、得著滿足的瞬間、雖然沒有人在身邊，卻受到安慰和陪伴的感覺。

我去探視榮總的93病房時，原本以爲我能夠帶給孩子和家長們安慰和力量，但每次去探視完回來，反而從他們身上得到安慰和力量。孩子們因爲化療的關係會吃不了多少或沒有食欲，有時我會做一些小餅乾或蛋糕帶去，偶爾去探望的時候因爲治療的關係而無法見面，醫院的社工就會把這些糕點留給孩子。每當社工告訴我，孩子們雖然不知道這些餅乾、蛋糕是誰做的，但都很開心地吃完，還問著下一次什麼時候可以再吃到？這種時刻我就反而從孩子們單純的回應有所得著，因爲我所擺上的心思可以讓他們得到快樂，而他們的快樂又再讓我溫暖。

曾經也有一個在93病房的妹妹跟我很好，我常會去看她，她看到我都會來抱我。她有一組自己做指甲的玩具，還會自己畫畫，她也會幫我做指甲，還送我一隻獨角獸的娃娃抱枕。我就覺得，天啊！我何德何能可以在這個小女孩的心裡面有一個這麼大的分量。後來我是在國外比賽的時候，聽到她離開的消息，當時我的心裡眞的難過到有一段時間走不出來，甚至不太敢再去探望。

第一次去，看到一群應該最會活蹦亂跳的孩子們吊著點滴、接著一堆儀器，只能靜靜地在病房休養，但看到妳來卻又帶著笑容歡迎妳，那時心裡衝擊好大！想著我光在旁邊看著都覺得很難接受，何況你們身處其中？孩子們的辛苦讓我想哭，但是在病房裡我一定要忍著，不能再把哀傷帶進來。

這群孩子和他們的父母都爲著一個極爲簡單的目標而努力：活著。有些小朋友被截肢，也有些因爲化療而十分痛苦，他們的奮鬥不是每個人都會成功，不知道那個能順利戰勝病魔的人會不會是自己，但他們沒有任何選擇，只能勇敢面對這場生命的挑戰。

相比之下，我在球場上爭的是輸贏，就算這一場輸了，下一場還有機會，但這群孩子和他們的父母在拚的是生命！即使他們心裡清楚失敗比成功的機率來得更高，但是還是很努力地在接受和面對這件事情，盡其所能地把每一天都過好。在看過這些讓我感到心疼的畫面，眞的很難不珍惜自己，會發現球場的勝負、批評褒貶、恩怨情仇……這些事在時間的長河、人生的路上都顯得微不足道。

與榮總 93 病房護理站同仁們

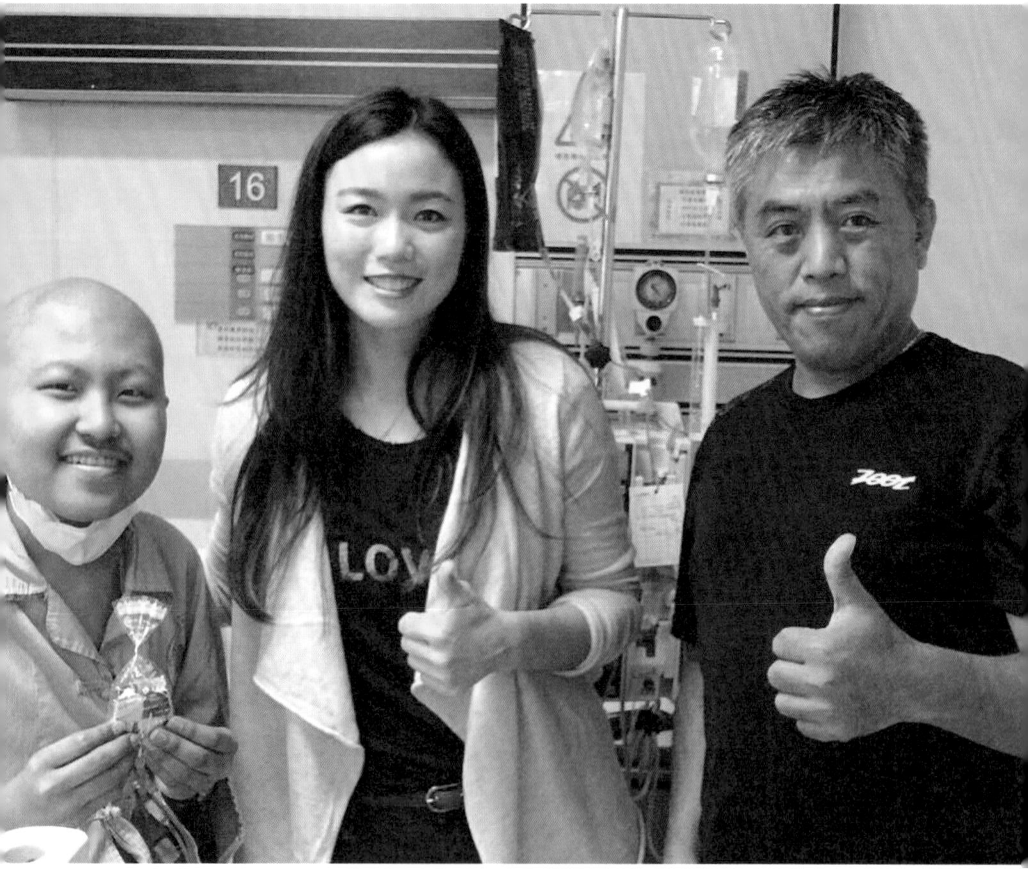
16

這些都讓我領悟到時間很寶貴，不要把時間浪費在因爲做或沒做任何一件事情而感到後悔。像有一部我也很愛的電影《眞愛每一天》（*About Time*），故事是一對父子兩個都有穿越時光的能力，他們可以回到過去。很多時候人是想要藉由回到過去來改變現狀的，當中有段我很有感的情節是，擔任律師的男主角工作一整已經很累了，但在地鐵上旁邊的人耳機聽很大聲，讓他很不舒服；要去法院打官司的時候快遲到了，不管法院大廳建築再漂亮他也沒有辦法好好地欣賞。後來他回到過去，把那一天重過一遍，就發現他在穿過那個有悠久歷史的法院大廳時，雖然時間來不及了，但總有抬頭兩秒看看牆上雕塑的時間；地鐵上旁邊的人耳機聽很大聲，他雖然很累，他也讓他自己去享受那段音樂，最後就乾脆和旁邊的人聊起來了。

男主角因爲這個能力而更留意在那些不經意在他身邊發生的事。這些雖然當時沒有留意到，但都確確實實發生過的事，當他重新去經歷一次，就這樣改變了自己的習慣舉止或是看法角度，也因此讓自己和旁人快樂很多。

很多人的生命旅途上多多少少有幾個搞砸的時刻，希望自己能回到案發現場去重新導正，也許現在的人生就會有所不同。現實生活中沒有人能夠自由地在時空之間穿梭，就算能夠倒轉時間，也無法改變已經發生的事，但如果我們能夠學習每時每刻都活在當下，刻意地留心和察覺身邊的人、事、物，不至在追尋的過程中忽略那些能帶給自己感動的細節，就能夠有不再後悔的人生。

對我而言，我和莊佳容以外卡身分殺進二〇〇七年大滿貫女雙決賽，當時第三盤的關鍵分，要是我早知道那樣打會失誤，我肯定不會那樣子打！搞不好早就已經拿過好幾次大滿貫冠軍了！但是我覺得人生就是這樣，如果我第一次打就拿到冠軍就不會有這些領悟。失敗或失落都是一份外包裝破破爛爛的禮物，常讓人不想要碰它，也因此很多人不願意經歷打開的那一瞬間，因而失去了拆開來細細地端詳，而後有所領悟的機會。

我聽過一些人會埋怨，認爲以前的自己多麼優秀，卻因爲做了一個錯的選擇，以至於現在過得不像當年的同學、同事那麼好，話裡不止有埋怨，更帶著很多後悔。可是我想，如果一直埋怨，不也就沒辦法經歷和發現這過程中的美好時刻了嗎？如果能夠接納和細細品味這一路上的風景和遭遇，這條路的結果就不再是左右你心情起伏的唯一因素了，而要不要接納和細品全都是自己可以決定的。

我去93病房探望的時候，有時會遇到孩子家長是網球迷，一直跟我說你眞的很辛苦、眞的很努力、眞的很棒，在看妳比賽的時候我都很緊張，他還一邊急急忙忙地跟他兒子說：「欸！你趕快看這是誰？趕快跟姊姊拍照！」一邊想扶著他兒子從病床上坐起來，我心裡想說可是你兒子躺在病床上，我們是不是讓他慢慢來就好，反正我就在這裡不會跑掉。但又領悟到，他們正在打的是一場勝算不大的仗，但即使希望渺茫，依然很努力地在奮鬥著，他們似乎沒有選擇，但他們仍然選擇了接受這份挑戰，選擇接受了面對，選擇了在這條路上出現任何一丁點值得感到開心的時刻，都樂於享受在當中。

接受與選擇

曾經有一個我非常好的朋友來問了我一個問題。

這位朋友是一位上班族，但他非常優秀，上進心也極強，即使他現職工作並不是大學時主修的本科系專業，但他十分努力工作，也有挺亮眼的績效，因此獲得長官的惜才和青睞。在精進自己能力的過程裡，慢慢他發現得要回到學校或是各種培訓機構學習很多原來根本不懂的東西，才有辦法達到其他同事的平均水準。

他的公司會有很多的專案，同事們會努力去爭取成爲各個專案的負責人，但在和同事競爭的過程裡，他發現自己開始有些患得患失。他向來人緣很好，一向和同事相處得很好，在發現自己會和同事們比較之後得失心很重，不知道這是不是正常的，深怕自己走偏了。

他問我，職業選手每天都在面對輸贏，一上場幾小時內便有結果，非勝即敗。究竟是如何調適失敗的心情？我們選手之間怎麼樣看待和維繫跟彼此之間的感情？甚至有時候好像還會有一絲嫉妒成分的存在，如何不傷感情也不要讓彼此成爲敵人？

身爲一位職業運動員，不是沒有煩惱，也不是一路走來都順遂，當然我也有脆弱、懦弱、憤怒甚至嫉妒別人的時候，每天都有勝負的壓力確實有時候會讓人喘不過氣來，每個人生活中也常常會與我們的同事、同儕、同學有競爭的壓力，在球場上如此、在工作上如此、甚至在學業上也是如此。

就像比賽中輸球，情緒起伏依然存在，肯定也會有負面情緒的出現，因爲我知道我是用百分之百的努力去爭取勝利，不過每一場比賽的贏家只有一方，不管你再努力，也沒有辦法保證你的成績可以超越他人。我認爲，職業選手的工作是一種競爭沒錯，只要你心裡沒有存任何壞念頭就是一種良性競爭。人和人之間共處不可避免地會有比較，只要這是時空背景造就的，就不至變成寃仇，不管每一次我上場比賽有沒有贏，你和同事競爭專案能不能成功，都可以感謝每一位對手讓你有拿出最好表現的機會，給自己進步的空間。

我在二〇一七年與Martina（Martina Hingis，辛吉絲）拿下美國網球公開賽女雙冠軍之前，也曾經拿過大滿貫賽事四次的亞軍。從二〇〇七年第一次參加大滿貫賽事（與莊佳容搭配），以外卡身分創下驚奇之旅到最後的女雙決賽，奮戰三盤後落敗，拿下亞軍。從第一座大滿貫亞軍，到拿下第一座大滿貫冠軍，看似很近的一步，我走了十年。

在這過程中，我當然也曾自責過、失落過、憤怒過、甚至懷疑過自己。也有許多外來的聲音讓我對自己的信心有所動搖，甚至認爲自己就像別人口中說的：「大滿貫只能拿亞軍，沒有冠軍的命。」

但靜下來想想，難道這些亞軍，對我來說都沒有任何意義嗎？難道從中我不曾有所學習嗎？對手和我們都付出相對的努力才能夠進到最後的決賽，卻只有一方能夠勝出，這是非常殘酷又現實的。如果你要爲這場失敗賦予意義，唯有接受失敗這件事情，才能讓我正視自己不足的地方，同時肯定自己做得好的地方。一味的責怪、一味的生氣，並不會爲你帶來更深的信念，那只是憤怒、甚至妒忌，雖然它可能爲你帶來力量，但是無法給你帶來正面的影響，也限制了自身的進化。

每一場失敗都有它的意義，至於要不要把它轉化成力量，甚至於進化爲你的武器，這是你的選擇。別讓心白白的痛了一次，還讓這其實只是用痛苦包裝的禮物悄悄溜走。

在二〇一七年美國網球公開賽拿下女雙冠軍的那一刻，我一直等待著那一刻，我以爲我會失控大哭，我以爲我自己會感動得痛哭流涕。但是……在拿下冠軍的那一刻，我只感覺到：「原來拿下大滿貫冠軍，當下最深刻的，是這樣的踏實感。」那是一種圓滿的感受，不只是圓滿了我的紀錄，也讓我相信「在拿到冠軍之前，你必須先像個冠軍」，然後，那一刻來臨時，你能完整、眞實的迎接它。

很多時候我們認爲別的個體，比我們受歡迎、表現得比我們優秀、或是比我們成功，會讓我們心裡不免產生了一絲嫉妒的心情。我想這是生而爲人正常的情緒，任誰都有可能面對這樣的情況，但是唯一能讓我們不一樣的，是在面對這樣的情緒之下所表現出來的反應和行爲。

「因為定義我們人格的，並不是我們所遇到的事件，而是我們在遇到事件之後的反應。」

在我大約十七歲的時候，那時候我的世界單打排名已經來到生涯最高五十、雙打第六，那時候是轉職業的衝刺期，體力正好，衝勁正足。但也因爲如此，每天都希望自己更加進步，不斷地追求完美。所以當自己當天比賽狀況不好的時候，會無法接受當下的表現，可想而知，這個時候自己的情緒就會越來越急，甚至於認爲自己沒有辦法接受這樣子不好的表現，在比賽中表現得消極。甚至也曾經因爲這樣子的原因，輸給了不該輸的對手，而在事後後悔不已，因爲一時無法轉換情緒，讓自己沒有辦法獲得更多的積分，錯失把排名推進的機會。

換作現在，絕對不會讓這樣子的事情發生，因爲每一個選擇都極其珍貴，雖然說現在回頭看還是有些懊悔，不過也因爲這樣子的經歷，讓我了解到其實眞正影響比賽結果的，有時候並不是當天的比賽狀況，而是是否能夠接受表現不是一百分的自己，然後從中想辦法找出幫助自己邁向勝利的戰略。

相信我們都不想要當對手的「神隊友」，當我們有負面的肢體語言每一次都是給對方多一點信心，每一次都在提醒對方他的機會來了，所以不管如何，一定要想辦法表現得積極正面，才可以不讓對手看穿並且想辦法觀察對手的弱點，進而加以攻擊！

上了場，或是進了會議室就是要全力以赴，下了場得要有辦法坦然接受一切結果，即使有時候眞的遇上別人有些小動作，得先想著每個人都要爲自己爭取，接著就是一個在於自己的選擇：要選擇成爲跟他一樣的人，還是你要選擇就是堅持要做好你自己？

說實話，如果對方會做某些小動作來爭取他的成功或是勝利，那也表示他很擅長做這件事情，我們不擅長做這件事情的人，即便我們去學也只是學個皮毛而已，反而到最後還有可能傷到的自己。

人可以不用刻意爲了強迫自己融入這個大環境，而去學會耍一些手段、學會討厭對方，反而應該更清楚知道自己在做什麼、知道這個案子不管成敗都可以讓你有所學習，這才是重要的事，畢竟人在任何一個職場都是暫時的，總有換工作、退休的一天，要讓這個職場成爲促使你進步地方，如果你反倒變成一個更會算計的人，那就沒有意義了。

所以，即便再糟糕的情緒，或是遇到再不開心的事，我們要相信我們依然有選擇。而我們的選擇，對我們極其重要！不只是外人對我們的觀感，更會影響我們對自己或是事件的判斷，進而決定我們的格局。就算因爲得失心，或是因爲勝負產生了負面的情緒，甚至於有嫉妒心的存在，我們要有能力分辨它，並且接受它，然後做出對我們最好的選擇，選擇強化我們信念的，選擇我們想要定義自己的。

「即便面對的結果是被動的，但是我們還掌握著反應的主動權。」

別讓自己失去了發球權，也別讓自己忘記了你永遠都有選擇的權利。

你已是你所需的一切

「剛剛那一球我應該要大膽地變線才對」

「對方的網前比較弱，如果有機會的話，應該可以吊小球逼他上網，再想辦法找出漏洞，打出穿越球或是製造失誤。」

「ＯＫ，好，她要發球了，這球是破發點，深呼吸，穩住……啊！觀眾席竟然有人走動」

在球場上我會十分專注，但這並不表示我已經練到心如止水的地步，一場比賽有時會打很長的時間，偶爾會看著場上的狀況，想著剛才戰術執行得好不好、想著下一球該怎麼打，想著想著心思就飄走了，此時很多亂七八糟的念頭就會出現，讓腦子愈來愈亂。

在人的腦子裡並不存在一個神奇的開關，只要輕鬆一按，所有無關的念頭瞬間自動消失，眼神只會專注在對手身上。此時我會讓雙手重新感受握把布，再次確認自己的握拍，讓手掌的皮膚感受一下厚度、彈性、布面的質感，使心思專注在目前手頭上的工作，幫助我回到比賽的當下。即使念頭仍然紛亂，但我會讓無關於比賽的聲音自然飄過，只留下此刻我所需要的。

站上球場，可以說就形成了一個結界，在這個與外界隔絕的宇宙裡，除了你的雙打搭檔之外，不可能有其他有形力量給你幫助，只能憑藉著在開賽前所累積的一切，不論是體能、技巧、戰術……和對手一決勝負，在網壇征戰二十多年的下來，我發現每一場球我都會面對不同的挑戰，雖然我沒有最理想的解決之道，但事後想想，我其實也都有適合自己、也能做得到的應對方法，只是在當時能不能想到。

如果把人生想成一場賽局，每當遇到困難與挫折，生活似乎偏離了那個理想中平靜無波的美好路徑，若是總去想著那完美但遠水救不了近火的解決方案，還不如回頭看看自己身上、周遭有些什麼適合自己、也能做得到的應對方法。

對我來說，我很清楚從小就一直在追求家人的肯定，這帶給了我一個良好的影響，就是我會很努力地在每一個我所接觸到的領域做到最好，而我也始終相信自己可以達到最好，學業、英文、繪畫、鋼琴、游泳、網球……都是如此，優異的表現也得到旁人的稱讚，從街坊鄰居、師長、同學……都是如此。

然而，當我下定決心走上和身旁的同儕不一樣的道路時，這個變化令我原本的生活有了改變！即使我依然是那個追求被肯定、一直努力上進、始終相信自己能夠達到最好的小女孩，身旁的街坊鄰居、師長、同學……卻有了不同的眼光。

或許，老師是因爲相信我能夠在學業上得到他所認定的更好成就；或許，街坊鄰居們是從當時他們對職業選手的認識而爲我的未來感到擔憂；或許，同學們是因爲他們不了解我以訓練爲主的作息和他們不同而有了不公平的感受；即使在網球的同溫層裡，當我跟著球隊一起訓練時，還會因爲是隊上年紀最小，卻經常被教練點出來在全隊面前示範而聽到冷言冷語。總之，這一切形成了我其中一個人生課題：人際關係。

這是一個很難的功課，我感覺被孤立、無助，此時「隊友們」用不同的方式帶著我走過這段學習歷程。媽媽不止給我開導，也有睿智的方法讓同學們不再因誤會而感到不公平，而像姊姊一樣的搭檔 Martina（Martina Hingis, 辛吉絲）在和我一起走過二〇一七那個燦爛球季的同時，也讓我親身體會到當妹妹的角色，再次和皓晴的配搭，我更懂得換位思考。

我的另一個人生課題是近乎貪心的上進！因爲媽媽從小就告訴我「妳很特別」，所以我始終相信我能夠達到最好，從小就對於任何訓練來者不拒，只要給我目標，就算得咬著牙用爬的我都會達到！

感謝過往每一位教練所給予的嚴苛訓練，讓我從青少年階段就打下紮實基礎，也才讓我有能力在未滿十八歲的年紀，就和佳容一起演出二〇〇七年接連殺進澳網和美網冠軍戰的那段驚奇之旅！然而，若非後來疲勞性骨折，還有因病毒感染而引發暈眩的ＰＯＴＳ（姿態性心搏過速症侯群 postural tachycardia syndrome, POTS）相繼來到，我可能會因爲忘記人的身體都會隨著時間流逝而消耗這件事，自己用極高強度的訓練分量和過於綿密的賽程把身體壓垮，而早早退役！

曾有人問我，回到十歲那年強震過後的東勢，爸媽把我拉到身邊，用極爲愼重的語氣問我是不是眞的要打網球的那一刻，我究竟是看到了什麼，才會在十歲那個大部分孩子還是懵懵懂懂的年紀，做下了足以牽動全家人命運的重大決定？

老實說，沒有！

我當時眞的沒有看到什麼！或者應該說我沒有看到任何美好畫面，反倒是接下來的辛苦日子清晰可見。但是我和全家人當時也沒有太多選擇，關鍵在於心境，而不是處境。在絕境中，才會百分之百的投入。

我唯一有的是相信，我相信我能夠做到最好。「最好」是多好？十歲的我完全不知道，在二〇〇七年和佳容走進澳網決賽場地之前，我不知道能有這麼一天；在和 Martina 站上世界排名第一，並獲選爲 WTA 年度最佳雙打組合之前，我更不知道會有這麼一天！

就如《神力女超人》（*Wonder Woman*）片中一句對白：「很多事不是看

CHINESE
TAIPEI

值不值得，而是你相信什麼？」（It's not about deserve; it's about what you believe.）我會對這部電影有共鳴，我想是因爲神力女超人從小就不斷被教導「你比想像中更強大」，而我媽媽也不斷地告訴我「妳很特別」，這也使我相信我內在是個女超人，這並不是過度的自信和自大，而是心裡有個實底，如果自己都不相信自己的能力，即使眞有那位眼光敏銳的伯樂出現，也會和你擦身而過。

在這一路上，「相信我能做到最好」這看似虛無飄渺的信念，卻一路支持我挺過每一次失誤、每一場落敗、每一個挫折。即使還不知道這當中的意義，我依然相信這是爲未來某個時刻的預備。當機會來臨，是因爲你之前吃得苦夠多，經歷夠多，所以學會了承擔。肌肉和聲量並不代表你的力量，你能夠承受多少，才是你眞正的力量。正如不止訓練我體能，也鍛練我強健心態的 Idrissa 教練說的：「不放棄的目的不在於最後成功與否，而在於堅持的過程當中給多少人帶來感動。」這句話至今仍深深影響著我。

因爲二〇二〇年全球疫情的關係，使得大半個球季被取消，也才讓我能按下暫停鍵，來回顧這一切。上一次按下暫停鍵是病毒感染，有七個月沒有辦法比賽，也是在當時把碩士學位拿到，同時反思過往的旅程。

雖然自己一直抱持著不變的理念，但如果沒有適時的回顧還是會迷失。當你成就愈多，遇到的考驗、困難會愈多，但此時此刻已經比過去的自己更有能力，所以需要回頭看看當時爲什麼出發，讓以前的自己來提醒自己，反而能找到明確想法和力量。

這一年的暫停讓我能靜靜地想，我現在已經達到我所認定的「最好」了嗎？我對自己斬釘截鐵地回答：還沒有！那麼，我期待的「最好」又是什麼？

是再度登上世界排名第一？

是能夠集滿四大賽的冠軍獎盃？

是再拿到一個學位？

我只能說也許都是，但肯定還有別的。

十歲那年，因爲沒有選擇，沒辦法去想值不值得；因爲沒有選擇，只能

做到最好，而到底能多好，我並不知道，也沒有任何設定。那時候，四大賽冠軍、世界排名第一對我來說都只是一個模糊的概念，唯一知道的是要在三年之前打出成績。這當中每一場失敗、每一次勝利，都是引領我向前的一小步，一步又一步地累積，我經過了許多值得紀念的里程碑，也經過了陰暗的幽谷。

走到今天，我對自己算是滿意，但我並不打算以有形的目標來形塑我認爲的「最好」，因爲當我向最好邁進的時候，這些都會陸續成爲我在路途上的標示，卻不是要就此駐足的終點。

我的「最好」，就像是在青少年被操練基礎技巧和體能的那段期間，每隔一段時間就會清楚的發現自己有明顯的進步，就像是在因病休養七個月的期間，我雖然沒能訓練和比賽，但一天一天地把教授交代的參考書讀完，把自己的碩士論文一章一章地寫完，最後拿到學位，看著自己一步步前進的感覺，會讓人由衷地感到欣喜。

至於接下來會面對些什麼人生課題？只能肯定會愈來愈多，但不知道會遇到些什麼，我也不害怕，因爲這一路以來我已經清楚地看見，與其想著完美但遠水救不了近火的解決方案，還不如回頭看看自己身上、往內挖掘，看看自己是不是已具備了這些條件，或許能找到些適合自己、也能做得到的應對方法。

因爲，你已是你所需的一切。

然而在努力完成夢想的背後，也承受了很多來自外界的壓力。身為公眾人物，被放大檢視、甚至被誤解都是很正常的事情。但在每一次的事件中，雖然難過，卻也都是我的學習，就讀林口麗園國小五年級，某天班導呂新立老師寫在黑板的每日一句：「見賢思齊，見不賢自省」。這句話至今都時刻提醒著我。

一路來遇見了好多無助的時刻、被攻擊到體無完膚的時刻，會害怕、會懦弱、但我還不想放棄呀！

身處低谷的時候，持續驅策我追求夢想的「上進心」卻是最大的煎熬，然而在這樣的時刻，我才一次次學會什麼叫做勇敢。

因為勇敢，不是無所畏懼，而是即便害怕卻還是堅持做對的事情。

「一個人的價值並非從未跌倒，而是在跌倒後如何再起。」

如果我們因憤怒、反擊而成為一個不是自己的人，那不是太可惜了嗎？我始終相信「一個人最大的修養，是知人而不評人，而做好自己，每個人都可以成為別人的榜樣。」

人生只有這麼一次，我很感激我的人生這麼豐富，遇到這麼多的事故，也才讓我有故事可以跟你們分享。

SINGAPORE
Wilson

PEOPLE 457

你已是你所需的一切

作　者—詹詠然
照片提供—詹詠然／劉舜平 Shun-Ping Liu・130,250
劉愷婷 Joyce Lau・目錄、封底、127,133,144,170,171,188,202,213,237,256,265,298
國際青年商會中華民國總會・242
編輯協力—陳萱宇
副 主 編—謝翠鈺
行銷企劃—許文薰
封面設計—陳文德
書名手寫字—莊仲豪 IG @ zeno.handwriting
美術編輯—李宜芝

董 事 長—趙政岷
出 版 者—時報文化出版企業股份有限公司
一〇八〇一九台北市和平西路三段二四〇號七樓
發行專線—（〇二）二三〇六—六八四二
讀者服務專線—〇八〇〇—二三一—七〇五
（〇二）二三〇四—七一〇三
讀者服務傳真—（〇二）二三〇四—六八五八
郵撥—一九三四四七二四時報文化出版公司
信箱—一〇八九九　台北華江橋郵局第九九信箱

時報悅讀網—http://www.readingtimes.com.tw
法律顧問—理律法律事務所　陳長文律師、李念祖律師
印刷—金漾印刷有限公司
初版一刷—二〇二〇年十一月二十七日
定價—新台幣三八〇元
缺頁或破損的書，請寄回更換

時報文化出版公司成立於一九七五年，
並於一九九九年股票上櫃公開發行，於二〇〇八年脫離中時集團非屬旺中，
以「尊重智慧與創意的文化事業」爲信念。

你已是你所需的一切 / 詹詠然作 . -- 初版 . -- 臺北市 : 時報文化 , 2020.11

面；　公分 . -- (People ; 457)

ISBN 978-957-13-8465-8 (平裝)

863.55　　109018079

ISBN 978-957-13-8465-8
Printed in Taiwan

- 球場上沒有所謂的輸家，只有放棄學習、精進的人才是。
- 永遠對自己的選擇負責，也永遠相信你比自己想像的更加堅強！
- 所謂的自由不是沒有約束，而是找到對的約束。
- 定義我們人格的，並不是我們所遇到的事件，而是我們在遇到事件之後的反應。
- 一個人最大的修養，是知人而不評人，而做好自己，每個人都可以成為別人的榜樣。

在這一路上，「相信我能做到最好」這看似虛無飄渺的信念，卻一路支持我挺過每一次失誤、每一場落敗、每一個挫折。即使還不知道這當中的意義，我依然相信這是為未來某個時刻的預備。當機會來臨，是因為你之前吃得苦夠多，經歷夠多，所以學會了承擔。

如果把人生想成一場賽局，每當遇到困難與挫折，生活似乎偏離了那個理想中平靜無波的美好路徑，若是總去想著那完美但遠水救不了近火的解決方案，還不如回頭看看自己身上、周遭有些什麼適合自己、也能做得到的應對方法。

因為，你已是你所需的一切！

時報悅讀網
ISBN 978-957-13-8465-8 (863.55)
PEN0457　NT$380